貴殿は、胸が好きなのか？
ローズマリー

坊やは甘えん坊ですね
アルカリオン

そ、某が、美少女……？
イェローナ

アイルイン
お姉さんこう見えても
スタイル良いんだゾ〜

捨てられ王子が最前線で敵国の兵士を治療したら実は第七皇女だった件

Suterare oji ga saizensen de
tekikoku no
heishi wo chiryo shitara
jitsuha dainanakojo datta ken

CONTENTS

プロローグ

異世界。

それは健全な青少年が聞いたならば、心踊る単語かもしれない。

でも現実とは、いついかなる時も非情なもの。

俺の転生した異世界は、というか生まれ育った国は割とハードだった。

「――ル殿下ッ!!　レイシェル殿下ッ!!」

俺の名前を呼ぶ声が聞こえて、閉じていた目をゆっくり開く。

「……カップラーメンが食べたい」

「かっぷ?」

「麺を食べたらスープに溶き卵を入れてレンジでチンするんだ。そうすると茶碗蒸《ちゃわんむ》しっぽくなって美味《おい》しいって聞いたことある。面倒臭くて結局一度もやったことないんだけどね」

「れん……?　よく分かんないですけど、大丈夫そうですね!!　ほら立って!!　敵の部隊が突っ込んできますよ‼　この陣地は捨てて後退するようにとの命令です‼」

今世の俺の名前はレイシェル・フォン・アガーラム。

アガーラム王国の第一王子として生まれ、未来の国王となるはずだった者。

今は戦場の最前線で味方の怪我《けが》を治療する衛生兵部隊の隊長だ。ちなみに部下は二十人いる。

いいや、だからなんだよ。元王子だよ？　もう一度言う。俺、元王子だよ？　大事なことだから二回言った。

念のためもう一回言っておこう。俺、元王子ぞ？

なんでいつ敵の魔法が飛んできてもおかしくない最前線で働いてんの？

一言文句を言ってやりたいところだが、俺をこの世界に転生させたデカ乳女神様に会う術はどこにもない。

俺は今日も不満を胸に抱きながら、怪我をした兵士たちを片っ端から治療する。

どうしてこうなったのか。

それはこの世界に転生して十五年が経《た》った頃、今から五年前にまで時を遡る。

全てはそう、父であるアガーラム王が不慮の事故によって亡くなり、王の地位を第二王子である弟に奪われた時に始まった。

第一章　捨てられ王子は敵を治療する

前世では何かと不幸に見舞われる人生を送っていたが、転生してからの俺は成功に成功を重ねてばかりのサクセスライフだった――。

なわけあるか!!　生まれたその日の晩に暗殺者が来たよ!!　まじビビったよ!!

そう、本当なら俺は異世界に転生したその日に死ぬはずだった。

事が起こったのは転生した最初の夜。

侍女に扮《ふん》した暗殺者がナイフを片手に部屋に入ってきて、勢いよく俺に振り下ろしやがったのだ。

もちろん、刺さった。超痛かった。

転生したその日に死を覚悟したが、そこで早速女神様から貰《もら》ったチートが大活躍する。

ナイフが心臓から引き抜かれた瞬間に『完全再生』で治癒したのだ。

この『完全再生』というのは女神様から貰ったチート能力で、自分なら無条件で、自分以外でも触れてさえいれば、どんな怪我《けが》や病気も治せてしまう能力だ。

ちなみに物にも使える。

その場合はイメージ力というか、元の形が明確じゃないと使えないが……。

え？　いきなりチート能力を使いこなせたのか、だって？　使えなきゃ死ぬんだから死ぬ気で使えるようになったわ。

それから俺と暗殺者さんの殺し殺されまいとする日々が始まった。

ある時は竜をも殺す毒を盛られたり、またある時は瞬きをする間に首を刎ねられることもあった。

でも、『完全再生』は俺に欠片《かけら》でも意識があったら発動することができる。

そうこうして暗殺者に狙われながら過ごすこと十五年。

暗殺者は自信を失《な》くしたのか、「もう無理。なんなのよ、この子」と涙を流してから来なくなってしまった。

俺の完全勝利である。

最近になって気付いたが、俺の『完全再生』は使う度に熟練度が上がっているようで、効果が少しずつ向上しているらしい。

以前は回復に時間のかかった怪我や毒も瞬時に治せるようになった。

そのうち自動で『完全再生』を発動できるようになったりしたら擬似的な不死になりそうで、頼もしいような、少し怖いような……。

なんて呑気《のんき》なことを考えていた、ある日の出来事だった。

「今日から僕が王だ‼」

「……は？」

それはあまりにも突然の宣告だった。

この世界での俺の父に当たるアガーラム王国の国王が暴れ馬から落ちて頭を強打し、亡くなったのがしばらく前。

喪が明けた直後に、俺は弟のヘクトンから呼び出されて謁見室《えっけんしつ》に向かった。

弟と言っても、ヘクトンとは半分しか血が繋《つな》がっていない。

ヘクトンは側室の息子であり、俺は正室の息子だ。

でもまあ、兄弟仲は良好だった。

ヘクトンは俺のことを兄として慕ってくれていたと思うし、俺もヘクトンのことを可愛《かわい》がっていたから。

そう、思っていた。

しかし、どうやらそれは俺の思い込みであり、ただの勘違いだったらしい。

謁見室に入ると、王しか座ることを許されない王座に腰かけながら、王の証《あかし》である冠を頭の上に乗せたヘクトンが声高らかに自らが国王であると宣言したのだ。

先に説明しておくなら、王が亡くなった場合、次の国王になるのは王太子である俺だ。

つまり……。

「あー、謀反か」

謀反される側を生で体験できる日本人なんて、そうそういないだろう。

俺が興奮半分、恐怖半分を感じていると、ヘクトンは声を荒らげて言った。

「っ、黙れ‼　僕が本当の王太子なんだ‼　お前みたいな気味の悪い力を持った化け物が今まで王太子だったのが間違いなんだ‼」

ヘクトンの言う気味の悪い能力というのは、女神様から授かったチート能力『完全再生』のことだろう。

ヘクトンが俺を指差して叫ぶ。

「手足が千切れても生えてくる……お前は人間じゃない‼」

「人を蜥蜴《とかげ》みたいに言わないでよ」

まあ、『完全再生』がこっちの人たちが怪我や病気の治療に使う治癒魔法とは隔絶した性能であることは認める。

なんせ対象が自分なら、少し意識するだけでも発動しちゃう正真正銘のチート能力だからな。

前世の俺はあまりにも突然の事故で死んでしまった。

だから今世では大往生したくて女神様に注文したチート能力だったが、大正解だったな。

この世界での父であるアガーラム王は俺の力を初めて見た時、「神の祝福を受けた子だ‼」と大いに盛り上がっていたが……。

え？　その力で父を治療しなかったのか、だって？

それは許してほしい。

俺は父が亡くなった現場に居合わせなかったのだ。この力は強大だが、残念ながら死者を蘇《よみがえ》らせることまではできない。

女神様の話によると、それは世界のルールに反するそうだ。

万能ではない『完全再生』だが、どうやらヘクトンはこの力を気味の悪いものだと思っていたらしい。

地味にショックである。

「お黙りなさい、レイシェル」

ヘクトンからの蜥蜴扱いに苦言を呈した俺にそう言ったのは、ヘクトンの座る王座の横に控えていたボンキュッボンな美女。

彼女の名前はオリヴィア・フォン・アガーラム。

若く見えるが、というか実際にまだ二十代半ばと若いのだが、ヘクトンの母親である。

要は父の側室の女性で、ぶっちゃけるなら俺好みのエロいお姉さんなんだがなあ。

どうも昔から目の敵にされている。

まあ、俺は正室の子だし、ヘクトンを王にしたい者たちからすると俺は目の上のたんこぶだろうから分からなくもない。

でも一番の理由は――。

「ふへへ」

「っ、その気持ち悪い笑い方をやめなさい‼」

俺が会う度にオリヴィアをエロい目で見ることが原因らしい。

だって仕方ないじゃん。

俺、今年で十五歳になるけど、前世の年齢を含めたらアラサーなんだし。

精神は大人で身体は子供だからか、下は十五歳から上は三十代前半までイケるという、かなり広いストライクゾーンになってしまったのだ。

お陰でオリヴィアをエロい目で見てしまい、それに気付かれてから嫌われている。

俺はオリヴィアのおっぱいを見るのをやめ、真面目《まじめ》な話をする。

「もうとっくに根回しは済んでいるみたいですね」

「ええ、その通りです」

ヘクトンの周りには、前王である父に仕えていた重鎮や騎士たちの姿があった。

買収されたのか、あるいは最初からヘクトンを王にしたかったのか。

それは分からないが、この場に俺の味方はいないらしい。

多分、今回の謀反は昨日今日思いついたことではないのだろう。きっと計画的なものだ。

父は落馬による事故で命を落としたが、もしかしたらその死に関与している者がいたとしても不思議ではない。

馬の餌《えさ》に興奮剤を盛って暴れさせるとかありそうだしな。

生憎《あいにく》と二度目の人生で父に甘やかされて育った俺は、そういう謀略面に疎すぎる。

虎視眈々《こしたんたん》と謀反を企てる機会を窺《うかが》っていたとも知らず、呑気に王太子のぐうたら生活を満喫していたことからもお分かりだろう。

「で、俺をどうするんです？　コンクリートにでも詰めて海に沈めますか？」

「こんく……？」

実は俺の『完全再生』にも弱点はある。

海に沈められたり、コンクリートに生き埋めにされたりすると助からない。

やったことはないから分からないが、多分死ぬ。

空気がなかったり、生存に必要な環境が整っていなかったりすると死んでしまうのだ。

俺を十五年ほど殺そうと躍起になっていた暗殺者さんがそのことに気付かなかったのは、奇跡だと今でも思っている。

コンクリートが何か分からなかったらしいオリヴィアだが、どうもそこまで酷《ひど》いことをするつもりはないようだった。

ヘクトンがニヤニヤと笑いながら言う。

「心配しなくていい。兄上には最前線に行ってもらうからな」

「む」

最前線、だって？

俺はずっと王都、というか王城で暮らしており、世情に疎いところがある。

その俺でも知っているのが、アガーラム王国が隣国と戦争の真《ま》っ只中《ただなか》にあるということだ。

「ふん。どうやら馬鹿な兄上でも流石《さすが》に知っているようだな」

「……まあな」

知らないわけがない。

何故《なぜ》なら王国が戦っているのは大陸最強の国家、神聖ドラグーン帝国だからだ。

あの国の何が凄《すご》いって、大陸で唯一ワイバーンを使役しており、周辺国とは隔絶した軍事力を有するところだ。

いわゆる覇権国家であり、周辺数ヵ国に対して宣戦布告している好戦的な国でもある。

アガーラム王国は神聖ドラグーン帝国に次ぐ大国ということもあり、帝国の支配を認められない幾つかの弱小国と同盟を結び、多数の支援を受けて戦っているのだ。

逆に言えば、帝国は世界を相手に戦えてしまうほどの国力のある国ということになる。

その最前線は過酷という言葉では生ぬるいらしい。

「兄上には王国のために戦ってもらおう。その気味の悪い力も、最前線では役に立つだろうさ」

「……随分と手ぬるいな」

「ふん。本当なら殺してやりたいところだったよ。でも兄上の婚約者であるエリザ――いや、違うな。もう僕の婚約者だ。彼女にお願いされて仕方なく、兄上を殺さないでやることにしたのさ」

エリザというのは俺の婚約者だった少女だ。

ちょくちょく面倒臭いところもあるし、問題児ではあるが、心優しい女の子。

昔から何かと関わることが多く、俺も好かれていたと自覚している。

何しろ向こうから求婚してきたからな。

まあ、ヘクトンとの関係が良好だと思っていた俺に人を見る目はないので、それも俺の勘違いかもしれないが……。

どうやら俺は彼女のお陰で生き埋めにされずに済むらしい。

俺は頷《うなず》いた。

「そうか、分かった。明日にでも最前線に行こう」

「っ、もっと悔しがれよ‼　僕はお前から国を、王位を、婚約者を奪ったんだぞ‼」

「？」

ちょっと何言ってるのか分からない。

「人間、生きてさえいれば何とかなる。別に悔しがる必要はないと思うが」

元々王という立場に魅力は感じていなかった。俺はただ長生きしたいだけだからな。

王になって国をより良くしたいとか、高尚なことは考えていない。

まあ、皆がその日を平和に過ごし、「今日も退屈だった」と言えるような国だったら良いなと思ったことはしばしばあるが、どのみち政治能力が皆無な俺には難しいだろう。

なら、少しでもやる気のある人が王になった方がいいような気がする。

そういう意味で言ったのだが、ヘクトンは何故か顔を真っ赤にして激昂《げきこう》した。

「っ、もういい‼　お前なんかさっさと戦場で死んでしまえ‼」

こうして俺は、捨てられ王子として戦場の最前線へ赴くことになった。

幸いと言っていいのかどうか分からないが、俺は最前線で大活躍だった。

俺を産んですぐに病で亡くなった母譲りの整った容姿と、父譲りのカリスマ性。そして、女神様から授かったチート能力のお陰で、戦ってるうちにそこそこの地位を得た。

不安は何もなかった。

……ただ少し、ヘクトンの婚約者になったエリザのことが心配なくらいだろうか。

そして、最前線に赴いてから五年が経《た》ち、彼女と出会ってから俺を取り巻く環境がガラリと変わったのだ。

◇

俺は十五歳から二十歳となり、すくすく成長――しているとは言いがたい。

身長は一六〇センチにも届かないだろう。チビだ。

理由は分かっている。

最前線で配られる食べ物はお世辞にも美味《おい》しいとは言えないし、栄養バランスも悪い。

仮眠用のベッドは硬い上、いつ敵襲があるか分からず、しっかり眠ることができないのが当たり前。

原因はそれだろう。

食事と睡眠を十分に得られないのは成長の妨げになると前世で聞いたことがある。

お陰で二十歳になった今でもチビなままだ。

でもまあ、王族特権で俺はまだ質の良いものを回してもらっている方だ。

最前線に来てから知ったことだが、ここにはヘクトンやヘクトン派の重鎮らに反抗した者、つまりは俺を王にすべきと主張した者たちが多く送られているらしい。

実は未《いま》だに彼らから王子扱いを受けていたりする。

最前線送りという酷い目に遭いながらも王国を守るために戦い、俺を未だに王子として遇してくれる彼らのことを考えると、身長が思ったように伸びなかったことくらい我慢すべきだろう。

それに、チビは何も悪いことばかりではない。

チビは物陰に隠れやすいし、力では劣るが、移動速度では筋肉質な兵士に勝る。

ひたすら味方の兵士を治療して回る衛生兵部隊の一員としては、チビというのは意外と喜ぶべき要素なのかもしれない。

「――ル殿下ッ‼　レイシェル殿下ッ‼」

「……んぅ……朝ご飯はトースト派です。とろけるチーズを乗せてマヨネーズをかけ、トースターで焼いた食パンの美味しさは筆舌に尽くしがたい……」

「起きろバカ殿下ッ‼」

「あばふ⁉　お、おま、仮にも上官で王族の腹をド突いて叩《たた》き起《お》こす奴《やつ》がいるか⁉」

腹に重い一撃を食らい、俺は意識が覚醒した。部下の一人が肘でド突いてきたらしい。

「ワイバーンの空襲ですよ‼　丸焦げのトーストになりたいなら寝たままで構いやしませんがね‼」

「やだよ。再生はできるけど、全身が焼ける感覚ってとんでもなく苦しいんだぞ。知ってる？　全身燃やされると一番しんどいのは肺なんだ。呼吸する度に熱で肺が焼けて痛いから」

「知らねーですよ‼　とっとと撤退しますよ‼」

俺は仮眠用ベッドの脇に置いておいた白いマントを羽織り、テントを出る。

上空を見上げると、無数のワイバーンがはばたく姿があった。

ここは最前線の中でも比較的安全だった後方陣地。

敵のワイバーンによる空からの偵察を誤魔化すために森の中に造られたのだが、ついに見つかったらしい。

既に方々で火の手が上がっており、怒声にも似た悲鳴が聞こえてくる。

黒煙が森の木々の間を縫って空に舞い上がっていた。

「殿下ッ‼　この陣地を捨てて右翼後方陣地に移動です‼　オレたちも急いで後退しましょう‼」

「うーん、却下で」

「はっ‼　……は？　え、ちょ、は⁉」

部下が早く避難するよう促してくるが、そういうわけにはいかない。

何故なら今も王国軍の魔法兵が味方を逃がすべく、空の王者たるワイバーンに魔法を撃ちまくって時間を稼いでいるから。

彼らが死ねば逃げる時間が減り、逆に長く生きれば仲間が逃げ延びる時間が増える。

「俺たちは殿軍を援護する。怪我人《けがにん》を片っ端から治療して逃がす。死んでないなら見捨てない」

「ええ⁉ ちょ、アンタ本気か⁉」

「自国の元王子をアンタ呼ばわりできる部下がいてよかったよ。お陰で多少無茶な命令も遠慮なくできる」

「「「うわあ」」」

「おら‼ 第四衛生兵部隊、死ぬ気で治療して回れ‼ なーに、息があったらどれだけ死の淵《ふち》にいても俺が引きずり戻してやるよ」

「この鬼‼ チビ‼ 命令だからやりますけどね‼ もう衛生兵部隊のやることじゃねーよ‼」

「今更だろ。戦場をあちこち走り回って治癒魔法をかけまくる衛生兵部隊なんてうちくらいだ」

普通、衛生兵部隊と言ったら後方で怪我人の手当てを始めとした衛生面の管理が使命だ。

しかし、俺の部隊は少し違う。

生きてさえいれば重大な怪我でも瞬時に治してしまう俺の力は効率的に運用すべき、と将兵らは考えたのだ。

最初は俺一人だけの部隊だったが、次第に部下が増えて、今では二十名の治癒魔法使いから成る部隊になった。

近頃は帝国軍側から、衛生兵部隊の証である白マントから取って『白騎士』という通り名で恐れられている。

戦場で致命傷を負った兵士たちが次の日にはピンピンしており、やられた恨みを晴らすように攻撃してくるのだ。

帝国側からしたら堪《たま》ったものではないだろう。

でも、自重するつもりはない。

俺の率いる衛生兵部隊の役割は兵士を一人でも多く救うことだ。

陣地が襲撃されたなら、仲間を生かすために戦うべきだと俺は思う。

「まあ、皆はワイバーンの火炎放射が直撃したら普通に死ぬし、本当にヤバイと思ったら俺を残して先に行け」

俺が格好をつけてそう言うと、部下たちは顔を見合わせながら一言。

「「「分かりました‼　ご武運を‼」」」

「あれ⁉　そこは『アンタ一人を置いて行けるか‼　俺たちも残る‼』って言うところじゃない⁉」

「え、だって普通に死にたくないですし……」

まったく正直な部下たちである。

でもまあ、死にたくないと思うのも当たり前か。彼らは元々兵士ではないからな。

俺の部下の多くは、いわゆる徴兵義務で戦場に来た兵士だ。

まるで戦時中の日本のように、アガーラム王国では国のために死ねることが最大の名誉、みたいな空気が各地で広まっているらしい。

どうやらヘクトンやその他の重鎮らが弄した政策のようだ。

最初は護国の精神から最前線にやって来る者が多かったが、戦っているうちに洗脳が解けて正気に戻る者もまた多かった。

彼らは一人一人生きている。死にたくないと考えて当たり前だ。

むしろ『完全再生』で死ににくいから死にそうなこともできてしまう俺の方が、ある意味異常なのかもしれない。

俺は逃げようとする部下たちを引き止めず、軽く手を振って別れの挨拶を済ませる。

「そうか。じゃ、また後でな」

「っ、あーもう‼　冗談ですって‼　分かりましたよ‼」

真っ先に逃げようとしていた部下が、物凄《ものすご》く罪悪感のありそうな表情で言った。

「でも危ないと思ったらすぐ逃げますからね‼　諜報部《ちょうほうぶ》の話が本当なら、今回の空襲には帝国の第七皇女率いる最強のワイバーン部隊がいるらしいですから‼」

「第七皇女……」

噂《うわさ》で聞いたことがある。

俺が最前線に来る前、たった一騎で王国軍の前線部隊を全滅に追いやった最強の竜騎士だとか。

あ、竜騎士ってのはワイバーンに乗ってる帝国兵士のことね。

王国軍が対ワイバーン用の迎撃魔法、通称対空魔法を開発するまでは、他のワイバーンはともかく、第七皇女を見たら恥も外聞も気にせず逃げろと言われていたらしい。

話を聞くだけでも怖い。

真偽は定かではないが、オーガのような恐ろしい容姿とも聞いたな。

その第七皇女がいるのか。これは警戒せねば。

……それにしても。

「男のツンデレは需要がないぞ？」

「つん……？」

◇

そこからは泥沼のような戦いが始まった。

王国軍が土魔法で作った塹壕《ざんごう》に籠《こ》もり、上空から迫るワイバーンを迎撃する。

しかし、ワイバーンを駆る帝国の竜騎士たちとてやられっぱなしではない。

急降下からの火炎放射で塹壕ごと王国の兵士たちを丸焼きにし、黒焦げにする。

俺は燃え盛る炎の中に突撃し、息のある味方を回収してはひたすら治療して回った。

死傷者を最小限に抑え、後方陣地にいた兵士たちは別の陣地への移動を完了。

ようやく殿として残った王国軍に撤退指示が出た。

「殿下!!　オレたちも退きましょう!!　魔力がすっからかんです!!」

「そうだな!!　魔力はともかく、流石に全裸は精神的にキツイ!!」

「油断してワイバーンの火炎放射を正面から食らったり、炎の中にズカズカ突入したりするからですよ!!」

軽口を叩きながら、俺の部隊も撤退を開始する。

と、その時だった。

味方の魔法兵が放った攻撃が上空を舞っていたワイバーンの翼を穿《うが》ち、撃墜した。

「うおおおおおおおおお!?」

「わー!!　こっちに落ちてきた!?　殿下、走って走って!!」

そして、その巨体が俺たちの進行方向に落下してきた。

俺や部下たちは落ちてきたワイバーンの下敷きにならないよう、悲鳴を上げながら退避する。

どうにか下敷きになるのは免れたが、困ったことにワイバーンは生きていた。

こちらをギロリと睨《にら》んでおり、少しでも近づいたら襲いかかってきそうだ。

しかし、ワイバーンは翼を怪我している上、落下の拍子に足の骨を折ったのか、思うように身動きが取れない様子。

それを好機と見た部下が叫ぶ。

「っ、殿下‼　逃げましょう‼　ワイバーンは翼がやられていて飛べないようです‼」

「あー、うん。まあ、そうなんだけどさ」

俺の視界には一人の兵士が映っていた。

落ちてきたワイバーンの背に乗っていた竜騎士である。

つまりはドラグーン帝国の兵、敵国の人間だ。

ワイバーンの背から放り出された拍子に地面に頭を強く打ったようで、ぐったりしたまま動かないで倒れている。

石や木の破片が分厚い鎧《よろい》を貫通して身体中に刺さったのか、このまま放置しておいたら死ぬかもしれない状態だ。

「……ちょっと殿下。おい、殿下」

「な、なんだよ。あと仮にも上官で元王子の俺に『おい』とか言うなよ。不敬だぞ」

「んなこたぁどうでもいいんですよ。まさか敵国の兵士を治療したいとか言わないですよね？」

「ダ、ダメ……？」

「ダメ」

部下たちが首を揃《そろ》えて頷く。

「いや、でもほら、流石に目の前に死にかけてる人がいて、放置したら寝覚めが悪くない？」

「敵ですし、仕方ねーですよ」

「そ、そうだけどさ」

分かっているのだ。

俺のやろうとしていることは王国軍の不利益になりかねない、いや、確実に不利益になるであろう行為だ。

でも……。

「なんか、死にかけてるのを知ってて放置するのって嫌じゃない？」

「言いたいことは分かりますけど……」

知らない場所で知らない人が死ぬことはどうしようもないので、素直に諦められる。

しかし、目の前で死にそうな人がいたら、敵味方問わず助けてあげたい。

俺は部下たちに目で訴える。

それが功を奏したのかは分からないが、部下たちは顔を見合わせて溜《た》め息《いき》を吐いた。

「はあー、まったくもう。ちゃちゃっと終わらせてくださいよ」

「い、いいのか⁉」

「どーぞどーぞ。いつも誤魔化してますけど、知ってんですよ。殿下が死にかけてる奴は敵味方関係なく治療してること」

「ギクッ」

な、何故バレてる⁉

「ったく、助けた敵が味方を殺すかもしれないってのに」

「うっ。そ、それは分かってるよ」

それが分からないほど馬鹿じゃない。

「でもどうしても無理なんだって。誰かに目の前で死なれるのは。こう、精神的に」

せめて苦しまないようにトドメを刺してやろうと思ったことは何度もある。

でもその直前に「母さん、ごめん」とか言われたら無理だって。

家族や恋人の名前を呟《つぶや》きながら死を覚悟してる人を見たら殺せないよ。

だからいつも助けてしまうのだ。

「そ、それにほら、ギリギリ戦線復帰ができない程度に治してるし‼」

何も俺とて完全に治療しているわけではない。

日常生活に支障がない程度の麻痺《まひ》をわざと手足に残したりして、そういう細かい調整で敵が戦場に戻れないようにしている。

まあ、それはそれで帝国軍の兵士たちに恨まれているかもしれないが……。

下手したら死ぬ戦場で戦うよりは遙《はる》かにマシだと理解してほしい。

「はあーあ」

部下の一人がまた大きな溜め息を吐く。

うぐっ。

やっぱり敵の兵士をこっそり治療してたのは悪いことだったかな……。

なんて考えながら彼らの反応を想像して震えていると、部下の一人が辺りを警戒しながら言った。

「敵が来たらオレは殿下を置いて全力で逃げますからね」

「お、おう」

俺は気を失っている竜騎士に駆け寄った。

その際、竜騎士が駆っていたワイバーンが竜騎士を守るように立ちはだかり、俺を睨みながら低く唸《うな》る。

「グルルルルルル……」

「……警戒するのも分かるけどさ。でも、その人は怪我をしてる。放置したら悪化するかもしれない。でも俺ならその人を治療できる。そこを退いてくれないか？」

「……グルル……」

俺の言葉が通じたのかどうかは分からないが、しばらくして待っているとワイバーンは道を開けてくれた。

しかし、心なしか俺を睨む眼光が鋭くなった気がする。

もしかして「少しでも怪しい動き見せたら噛《か》み殺すぞ」という意志表示だろうか。

怖い。

俺はワイバーンに睨まれながらも、竜騎士の治療を開始する。

その様子を離れた場所で眺めていた部下たちが何やらヒソヒソ声で話し始めた。

「……はあ。まったく、殿下は色々と甘すぎる。あんなんだから王太子の地位を失ったんじゃないか？」

「そう言うなよ。殿下が甘い分、オレたちがしっかりすればいい話だ」

「お前たちは殿下を甘やかしすぎだ」

「いやあ、うちには弟がいるからつい。ほら、殿下って年齢の割に小さいから甘やかしちまうんだよな」

「分かる。それにオレは嫌いじゃないぜ？　殿下って庶民的だし」

「たまーにありもしない権力を笠《かさ》に着《き》て馬鹿なことするけどな。前線に風呂作った時は頭がイカレちまったのかと思ったぜ」

「いやいや、風呂は大事だろ。衛生面でも精神面でも風呂は最高なんだぜ？」

「出たよ、殿下の風呂好きに毒されてる奴」

あいつら言いたい放題だな。

っと、いかんいかん。今は目の前の怪我人の治療に専念しないと。

「ん？　お、おお、この人……」

竜騎士さんは女だった。

その顔を見て、俺は思わず心臓がドキッとしてしまう。

燃え盛るようなウェーブがかかった真っ赤な髪をしており、人形のように美しい顔立ちの女だった。

その背丈は二メートル近くある長身で、俺が小柄な体形ということもあり、かなり大きく感じる。

と、ここで一つ問題が生じた。

俺の『完全再生』は他の人や物に使う場合、怪我をした部分に直接触れる必要があるのだ。

つまり、女性の身体に触れねばならない。

「……南無三‼　これは治療行為‼　だから許してね‼」

断じてやましい気持ちは持っていないし、持たない。

俺は女兵士さんの鎧を脱がし、インナーを破って肌を露出させた。

その時、俺は驚愕《きょうがく》してしまう。

「え、でっか」

竜騎士さんの鎧を外したら、めちゃくちゃおっぱいがデカかった。

でも腰は細く、お尻は肉感的で太ももはムチムチ。ボンキュッボンの抜群のスタイルだった。

やましい感情が秒で湧いてきてしまう。

い、いや、今からするのは治療行為。誰が何を言おうと治療行為である。

俺は竜騎士さんの身体に手を伸ばし、触れる。

「んっ♡」

ちょっと竜騎士さんから甘い声が漏れたような気がするが、気のせいだ。

全身の怪我を治し、おっぱいに触れる。

おっぱいにも怪我があるからな‼　断じてやましい気持ちはちょっとしかない‼

「んあっ♡　んんっ♡」

おっぱいを触っていると、竜騎士さんは喘《あえ》ぐような甘い声を漏らした。さっきよりも色気が増している。

なんて柔らかさだ‼

ふわふわ、とは少し違うな。弾力があって、もちもち……でもない。もちふわ、そう、もちふわおっぱいだ‼

軽く触れるだけでも指が沈んでいく。

傍《はた》から見ると気絶している女性のおっぱいを揉《も》みしだいているように見えるかもしれないが、これは胸部の傷を治すために必要なことなのだ。

断じてやましいことではない‼　……にしても柔らかいなあ。

ずっと揉んでいたい。いや、治療していたい。

「殿下‼　レイシェル殿下‼」

「ん？　なんだ？　もう少し揉み――治療したいから静かにしててくれ。敵に見つかったらどうするんだ」

「そうじゃないですって‼　もう見つかってるんですって‼　ほら周り見て‼」

「え？」

部下に言われて周りを見る。

俺たちは無数のワイバーンと、それに跨《また》がった竜騎士たちにいつの間にか囲まれていた。

あ、やばい。完全に包囲されてんじゃん。

「おい、貴様。その御方《おかた》に何をしている？」

「ち、治療中だ‼」

「……ふざけているのか？　その御方から今すぐ離れろ。薄汚い手で触れるな。殺すぞ」

「だ、誰がなんと言おうと治療中だ‼」

「貴様のように全裸で敵兵を治療するチビガキがいるか‼」

「「それはごもっとも‼」」

部下たちが口を揃えて言う。

「おい、お前ら‼　俺の部下なら少しは俺を庇《かば》えよ、馬鹿‼」

「……そうか。貴様が上官なのか」

「あっ」

やばいやばいやばいやばい‼

多分、俺がおっぱいを揉み——治療していた竜騎士さんはそこそこ地位の高い人物か、よほど慕われているのだろう。

俺たちを包囲している竜騎士たちが、今にも襲いかかってきそうなほど明確な敵意を向けてくるのが分かる。

ど、どうしよう⁉　どうすればいい⁉　土下座したら部下たちは見逃してくれないかな⁉　無理かな⁉

しかし、このピンチを救ってくれたのは意外な人物だった。

「やめろ、お前たち。この少年に手を出すことは、私が許さない」

「「「「「!?」」」」」

その声の主は、俺がおっぱいを揉み——治療していた、いや、もう認めよう。俺がおっぱいを揉みしだいていた真っ赤な髪の女性本人だった。

怪我は完治していないが、意識が回復したらしい。髪と同じ真紅色の瞳が真っ直ぐ俺を見つめていた。

俺たちを包囲していた竜騎士のうち、隊長格と思しき女性竜騎士が苦虫を噛《か》み潰《つぶ》したような表情になる。

「し、しかし、ローズマリー殿下……」

「私の命令に逆らう気か？」

「い、いいえ、そのようなことは」

「ならばそなたは黙っていろ」

え？　殿下？

「礼を言う、王国の治癒兵殿。すまないが、もう少し楽になるまで治療を続けてくれるか？」

「わ、分かりました。じゃあ、失礼します」

本人から許可を貰ったので、遠慮なくおっぱいを揉みながら治療する。

周囲の竜騎士たちは更に殺気立った。

しかし、触られている本人は俺を熱っぽい視線で見つめてきた。

「んっ♡　す、すまないが、できるだけ胸には触らないでほしい。特に、その、先っぽは……。そこは、弱いのだ」

「あ、はい」

俺はできるだけおっぱいの先っぽには触れないよう、命に別状はないレベルまで治療する。

もう少し揉みたかったが……。

しかし、その思いを口に出したりはしない。

だって俺の背後にいる殺気立った竜騎士たちをこれ以上怒らせると、何をされるか分からなくて怖いので。

もちろん、別の意図もあるが。

「……まだ、少し痛いところがあるのだが」

「部下の命を保証してくれるなら、完璧に治療しますよ」

俺がそう言うと、隊長格の竜騎士がワイバーンから降りてきて鞘《さや》から剣を抜き、俺の喉元に突きつけてきた。

怖い。

「貴様、ふざけるなよ。今この場でワイバーンの餌食《えじき》にしてやってもいいのだぞ」

それを止めたのは、俺におっぱいを揉まれていた竜騎士さんだ。

「やめろと、私は言ったはずだ」

「し、しかし‼」

「もうよい。そなたは黙っていろ」

隊長格の女性竜騎士を黙らせた竜騎士さんが、再び俺に視線を向ける。

「……部下の命を救ってくれと言ったな。貴殿自身の命はいいのか？」

「いやまあ、よくはないですけど。これでもあいつらの上官で隊長なので、部下の命は最優先なんです」

「フッ、ハハハ。貴殿は肝が座っているな。嫌いじゃない」

「ということは……」

「うむ、貴殿の部下たちの安全を保証しよう。貴殿の安全もな。まあ、戦争相手である以上は捕虜という扱いになるが、悪いようにはしない。ドラグーン帝国の第七皇女、偉大なる母から賜りしローズマリーの名に誓って貴殿らの安全を約束する」

竜騎士さん――ローズマリーは優しく微笑《ほほえ》みながら言った。

殿下と呼ばれていたことから薄々察してはいたが、まじで第七皇女かよ。

誰だ、第七皇女がオーガみたいな容姿とか言い始めた奴は。

どちゃくそ美人じゃねぇか。

「……分かりました。じゃあ、怪我を完璧に治しますね」

俺は『完全再生』を行使し、ローズマリーの怪我を綺麗《きれい》に治す。

そしてその直後に、俺を含めた部下たちは竜騎士たちに拘束されてしまった。

まあ、多少は乱暴な扱いも仕方ないと思う。

「でも、あの、なんで俺だけ剣を向けられたままなんですかね⁉ 怖いんですけど‼」

部下たちは縄で拘束されているだけなのに、何故か俺は剣を向けられている。

怖い。

刺されても首を切断されてもすぐに治せば死にはしないが、痛いものは痛いし、怖いものは怖い。

「なんで、だと？ 貴様はローズマリー殿下の玉体に触れたのだ。万死に値する」

そう言って俺の首に剣をぐぐっと押しつけてきた。

「ちょ⁉ や、やだ‼ 死にたくない‼ せめて服だけは‼ 服だけは着せて‼ 全裸のままは嫌だ‼ 全裸のままは嫌だ‼」

「何度言えば分かる。やめろ、リア」

「ローズマリー殿下、この者らを本当に捕虜にするのですか？ 特にこのチビガキ。殿下の玉体、ましてやおっぱいに触れたコイツは即刻首を刎ねるべきです。なんて羨ま――コホン、何でもありません」

「……まあ、少しくすぐったくはあったが。あれも治療に必要だったのだろう？」

「――はいっ‼」

俺は満面の笑みで頷いた。

「ローズマリー殿下‼　絶対に違います‼　コイツただ殿下のおっぱいを揉みしだいていただけの変態糞野郎《くそやろう》です‼」

「ぎゃあああっ⁉　食い込んでる食い込んでる‼　刃が首にちょっと食い込んでる‼」

「ええい、リア‼　いい加減にしろ‼　私の恩人を殺す気か‼」

「で、殿下ぁ……」

ローズマリーのお陰で事なきを得て、俺たちはそのまま連行された。

幸いにも拷問などを受けることはなかった。

本当に丁重に扱ってくれるようで、俺たちは何事もなく帝国軍の陣地にまで連行される。

ちなみにその道中、いつまでもすっぽんぽんでいるのは嫌だったので、服が欲しいと言ったら貰えた。

少しサイズの大きいものだったが、全裸よりはマシだろう。

だぼだぼの服を少し引きずりながら歩いていると、ローズマリーが話しかけてきた。

「では、改めて名乗らせてもらおう。私はローズマリー。神聖ドラグーン帝国の第七皇女だ。私だけでなく、私のワイバーンの足まで治療してくれたこと、礼を言う」

「あ、お構いなく」

「……その、だな……」

何故かローズマリーがもじもじしながら、視線を彷徨《さまよ》わせていた。

「わ、私の名前は、ローズマリーだ」

「？　えっと、さっき聞きましたけど……」

「……そうか」

二回も名を名乗った意味が分からず、何故か落ち込むローズマリーに俺は首を傾《かし》げる。

とんとん、と部下の一人が俺の肩を叩いてこっそり耳打ちしてきた。

「多分、レイシェル殿下の名前を知りたがってんですよ」

「え、あ、そういうことか」

俺はようやくローズマリーの言動の意図を理解して、改めて名を名乗る。

「俺はレイシェルです。年齢は二十歳なので、子供扱いはしないようお願いします」

「む⁉　は、二十歳なのか？　その見た目で？　私と同い年ではないか。てっきり十三、四くらいかと思っていたのだが」

精神年齢はもっと上ですけどね。

「……ふむ。家名はあるのか？」

「アガーラムです。レイシェル・フォン・アガーラム」

「あ、馬鹿‼」

部下に後頭部を叩かれてからハッとする。

やっちまった。

いくら安全を保証してくれているとは言え、アガーラムの名前は出すべきではなかった。

俺が戦争中の敵国の元王子と知ったら何をしてくるか……。

「……ふむ。たしかにアガーラム王国の先王の長子が戦場にいると諜報部から聞いてはいたが……。そうか、貴殿だったのか。年齢も家格も悪くない。一応、釣り合いは取れるな。そのためにもまずは母上を……」

「釣り合い？　何の話ですか？」

「あ、いや、何でもない。それよりも、貴殿は私の命の恩人だ。貴殿が敵国の王族だと知ったからと言って何かするつもりはない」

え、やだ。カッコイイ。

でもその後ろで殺意を滾《たぎ》らせているローズマリーの部下たちが怖い。

「それとすまないが、貴殿らには直ちに戦地から離れてもらう。向かう先は言えないが、まあ、しばらくすれば分かる」

そして俺を含めた全員が目隠しをされ、馬車に乗せられた。

多分、目隠しや目的地を言わないのは主要な街道を知られないためだろう。

そのまま馬車が走り出し、どこかに向かう。

途中、部下の一人が緊張を解すためか、大きな溜め息を吐いた。

「はあー‼　ったくもう‼　殿下のせいですよ‼」

「ご、ごめんて。でも俺があそこで『俺はどうなっても構わないから部下の命だけは』みたいなことを言ったから助かっ――」

「何か言いました？」

「……ナンデモナイデス」

「大体殿下は‼」

俺は目隠しをされた状態で部下の一人からお説教を受け、他の部下たちがそれを聞いて笑う。

この状況で笑う余裕がある部下たちがいるのは心強いな。

もしかしたら俺を叱っているのは、少しでも場を和ませるためなのかもしれない。

……そうだよね？

え、さすがに私怨で上官を出汁にして空気を和ませようとしてるわけじゃないよね？

そう信じたい。

「おい、出ろ」

馬車が止まり、降りるよう言われる。

俺に剣を突きつけてきた、隊長格の女性竜騎士の声だ。

ローズマリーに呼ばれていた名前は、たしかリアだったな。

長時間座っていたからか、もう腰が痛くて堪らない。

正確な時間までは分からないが、移動し始めてから二、三日経ったであろう頃だった。

腰が痛くなって当然である。

「貴様はこっちだ。他の者は別室に連れて行く」

「……ちゃんと部下も丁重に扱ってくださいね」

「ふん、別に取って食ったりはしない。貴様に言われるまでもなく、捕虜として丁重に扱う。ローズマリー殿下のご命令だからな」

「ところで、俺はどこに連れて行かれるんです？」

「知らん。ローズマリー殿下に連れてきてほしいとしか言われていないからな」

俺は目隠しをされたまま腕を引っ張られて、どこかに案内される。

しばらくして、誰かが俺の目隠しを外した。

遮られた視界に光が差し込み、立《た》ち眩《くら》みのような感覚に陥る。

目が少しずつ光に慣れてくると、俺は目の前にローズマリーが立っていることに気付いた。

「うおっ、でっか」

「っ、ば、馬鹿者。あ、あまり胸をじろじろ見るな」

俺がチビだからか、それともローズマリーが長身だからか。

あるいはその二つが原因だろうか。

ちょうど俺の視界は、ローズマリーのたわわに実った大きなおっぱいで埋め尽くされていた。

……ごくり。まじでデカイ。またお触りしたい。

っと、いかんいかん。これ以上考えたら愛刀が反応してしまう。

俺はひとまず周囲を確認し、状況を把握する。

「ここは……え？」

俺は辺りを見回して絶句した。

そこは城のようだった。というか城だろう。

王太子として城で悠々自適に暮らしていた俺なのですぐに分かった。

しかし、当然ながらアガーラム王国の王都にある城ではない。

建築様式も大きく異なる。別の城だ。

その城の中の大きな扉がある前の廊下で、俺とローズマリーは向かい合っていた。

「あの、もしかしてここって……」

「察しが良いな。ここは神聖ドラグーン帝国の帝都中央区にある帝城、その中でも最も警備が厳重な部屋の前だ」

「……まじっすか」

てっきり捕虜としてどこかの街や砦《とりで》に運ばれているのかと思っていたが……。

まさかそれが首都で、ましてや帝城とは。完全に予想外だったな。

いやまあ、敵国の王族を捕虜にするなら、絶対に安全な場所に移送した方がいいだろうからなあ。

それにしても警備の最も厳重な部屋の前、ね。この扉の向こう側には何があるのか、とても気になる。

「俺をどうする気ですか？　先に言っておくと、部下から殿下なんて呼ばれちゃいましたが、もう王族としての権力は何もないですよ。捨てられた身ですから。人質としても無価値です」

「あ、ああ、誤解しないでくれ。前も言ったが、貴殿が王族だからといってどうこうするつもりはない。貴殿をここに招いたのは、それとは関係ないことだ」

「え？」

「フフッ」

肩透かしを食らって間の抜けた表情を浮かべる俺を見て、ローズマリーはくすくすと笑った。

あら可愛い。笑うと可愛い美女とか反則だよね。

しかし、ローズマリーはすぐ微笑むのを止めて、途端にキリッとした真剣な面持ちになる。

「レイシェル殿。貴殿の扱う治癒魔法は、普通のものとは違うな？」

「な、なんでそう思うんです？」

「……ふむ。それを説明するために今からあるものを見せるが、あまり驚かないでほしい」

「え、あ、はい」

俺が頷くと、ローズマリーは片耳に着けていたイヤリングを外した。

すると、ローズマリーの容姿に変化が現れる。

頭から二つの角が生え、腰の辺りからは真紅色の鱗《うろこ》に覆われた翼と尻尾《しっぽ》が生えてきた。

ええ⁉　何それ⁉

「このイヤリングは身体変化魔法が付与された魔導具《まどうぐ》でな。ワイバーンに乗る際、角や翼があると何故か彼らを怖がらせてしまうんだ。それを避けるために、このイヤリングで普段は隠している」

ローズマリーがイヤリングを再び着けると、角や翼、尻尾が消えて元の姿になった。

「な、なるほど。ドラグーン帝国の皇族が竜人って噂は本当だったんですね」

竜人はエルフを上回る高い魔力と獣人を凌駕する身体能力、更にはドワーフ以上の器用さと人間より遥かに高度な知能を有する最強種って、王太子時代に読んだ本か何かに書いてあった気がする。

てっきり架空の人種だと思っていたが、まさか実在するとは。

「でも、それが俺の力と何の関係が?」

「竜人は強靭《きようじん》な肉体を持つが、それ故に高い魔法抵抗力を持ち、治癒魔法が効かないなどの弱点があるのだ」

「そうなんですね……。あっ」

「気付いたようだな。そうだ、レイシェル殿の力は私の怪我を容易《たやす》く治してしまった。それが、貴殿の力が普通ではないと判断した理由だ」

ローズマリーは俺を真っ直ぐ見つめながら、言葉を紡ぐ。

「貴殿がどうやってそんな力を得たのか、その力で何をしたいのか、私には関係のないことだ。しかし、この扉の向こう側に、どうしても治してもらいたい方がいる」

俺は大体状況を察した。

「あー、もしかしてその人って皇族の方だったりしますか?」

「話が早くて助かる。まだ公にはなっていないが、私の母、つまりは女帝陛下が賊の襲撃に遭ってな。その身に死の呪いを受けてしまった。どうにか持ち前の生命力で生きてはいるが、意識は不明なままだ」

次の瞬間、ローズマリーは頭を下げた。

「頼む、レイシェル殿!! どうか母上を助けてほしい!!」

う、うーむ、流石に敵国の皇帝を助けるのはどうなのだろう。

でも頭まで下げられて断るのもどうかと思うし、死にかけていると知ってしまった以上、見捨てるのは忍びない。

美人のお願いは叶《かな》えてあげたいしな。

……仕方ない。

「分かりました。やってみます」

「っ、ありがとう!!」

「おうふ!?」

感極まった様子のローズマリーが俺に抱きついてきた。

俺はそのおっぱいに頭を埋められ、その感触を強制的に堪能《たんのう》させられる。

めちゃくちゃ良い匂いがした。フローラルな、薔薇《ばら》の匂いだ。

そして、やっぱりおっぱいがデカイ!! 柔らかい!!

最高だ。生きてて良かった。異世界に転生して良かったひゃっほう!!

しかし、フィーバータイムはローズマリーがハッとして正気になると同時に終わってしまった。

「あ、す、すまない‼　嬉《うれ》しくてつい‼」

ああ、おっぱい……。

「む、むぅ。貴殿は、その」

「？」

「貴殿は、胸が好きなのか？　先程から私の顔ではなく胸ばかり見ているが……」

「あ、はい。好きですよ、おっぱい。おっぱいを嫌いな男は男じゃないです。でも決して胸ばかり見ているわけではなく、俺の身長が低いせいでローズマリー殿下のおっぱいがちょうど俺の視線の高さにあるだけです。決しておっぱいを見ているわけではないのです」

俺が捲《まく》し立《た》てるように言い訳すると、ローズマリーは目を瞬かせながら頷いた。

「そ、そうか。……そうか、レイシェル殿はおっぱいが好きなのか。フフッ」

少し嬉しそうに笑うローズマリー。

俺は決しておっぱいをガン見していたわけではないが、ローズマリーのおっぱいに包まれてやる気が湧いてきたのは事実だ。

アガーラムの連中、ヘクトンや重鎮らに裏切り者とか罵られようが知ったことか。

先に俺を捨てたのは奴らだし、俺は自分に正直に生きる。

……決してローズマリーの大きなおっぱいに感動したからではない。

ないったらない。

「任せてください、ローズマリー殿下。俺がどんな怪我でも治してみせますよ。毒でも呪いでも一発で消し飛ばしてやります」

「それは心強い。女帝陛下はこの部屋の中にいる」

そう言ってローズマリーが扉をノックした。

扉の向こう側からの返事はなかったが、ローズマリーはしばらく間を置いて扉を開く。

中は広い部屋だった。

部屋の中央に天蓋カーテン付きの大きなベッドがあり、寝心地《ねごこち》はめちゃくちゃ良さそうだ。

そのベッドの上に人が眠っている。

「……お、おお……」

カーテンを捲り、その向こう側で眠っていた人を見て、俺は思わず感嘆の息を漏らしてしまう。

ベッドで眠っていたのは、言葉では言い表せないほど美しい女性だった。

純白の長い髪や透き通るような白い肌、思わずゾッとするほど美しく整った顔立ち。

背丈はローズマリーよりも更に高かった。

横たわっているため正確な身長は分からないが、二メートルを優に越えているのではないだろうか。

しかもボンキュッボン。

おっぱいは夏場のスーパーに売っている大玉スイカよりもっとデカイ。

腰は細く締まっており、太ももはムッチムチ。

頭からは角が、腰の辺りからは竜の翼や尻尾が生えていることからも、この女性が竜人で、ローズマリーの母親で、帝国のトップなのだと一目見て分かった。

身にまとう純白の衣はウェディングドレスのような、あるいは清楚《せいそ》さを感じさせるシスター服のような、けれども露出度は高めで神々しさのある意匠を凝らしている。

そのせいか、まるで眠っている女帝は女神のように美しく見えた。

「め、めちゃくちゃ綺麗な人ですね……」

「フッ、母を褒められるのは悪い気はしないな」

「……でも……」

でも、部屋の空気が淀《よど》んでいる。それに少し埃《ほこり》っぽい。

部屋の換気が不十分なのだろうか。

病人を寝かせておくにはあまり良いとは言えない環境だった。

「随分と空気が淀んでますね」

「……ああ。私が留守にしている間、陛下の世話を侍女に命じたはずだったのだがな。あの愚か者どもめ」

思わず背筋がピンッと伸びる。

ローズマリーから確かな冷たい殺気を感じ、ぶるっとした。

「じ、侍女はどこに行ったんですかね？」

「……陛下の受けた死の呪いは伝染するという噂を真に受けたのだろう。まさか私が留守にしている間、ずっと放置していたとは思いたくないな。思わず侍女の首をねじ切ってやりたくなる」

うわー、怒った美女って超怖い。

と、そこで俺が怯《おび》えていることに気付いたのか、ローズマリーはハッとした。

「す、すまない。すぐに治療に取りかかってくれるか？」

「えーと、実は俺の力は患部に直接触れないと使えなくて。呪いの場合だと全身に触らないといけないんです。だから、そのぉ」

「ああ、そうか。分かった。母上の衣は私が脱がせよう」

ローズマリーが丁寧に服を脱がせ、生まれたままの姿となったドラグーン帝国の女帝。

俺はその女帝の艶《なまめ》かしくも美しい身体に手を伸ばした。

先に言っておくが、これは治療行為である。

断じてやましいことは考えていない。ないったら、ない‼

……それにしてもこの女帝さん、本当に美しい。

一糸まとわぬ姿を見ながら美しいというのは変態チックだが、プロポーションが黄金比というか、完璧すぎる。

出るところは出ていて、引っ込むところは引っ込んでいるのだ。

何より特筆すべきは、二メートルを優に越えているであろう身長だろう。

俺は長身フェチではなかったが、ぶっちゃけ目覚めそうだ。

おっぱいが大きいのも素晴らしいと思う。

もしかして長身は角や翼、尻尾と同じように竜人の特徴なのだろうか。ローズマリーも二メートル近い身長があるし、可能性はありそうだな。

「レイシェル殿？　早く母の、女帝陛下の治療を始めてもらいたいのだが……」

「あ、はい。すぐに始めます」

危ない危ない。

ローズマリーにとって、女帝さんは母親なのだ。

母親の裸をじろじろ見ている男とか普通にキモすぎる。キモがられる前にちゃちゃっと治療してしまおう。

そう思って、俺は女帝の身体に触れて治療を開始した。

再三言うが、やましいことは何もしない。これから行うのは治療行為である。

しかし、呪いは毒と同じように全身に巡るため、治療するには身体の端から端までお触りしまくらねばならない。

「まずは足から……」

手で触れて、少しずつ『完全再生』でその身に巣食う呪いを取り除く。

何も難しいことはない。

呪いの除去なら赤ん坊時代、毎夜俺を殺そうとしてきた暗殺者さんに何度か使われているため、治療の勝手が分かる。

呪いを除去したら、少しずつ触れる場所を上の方に変えて行く。

爪先、ふくらはぎ、太もも、腰、お腹、腕……。

太もものむっちり感がエッチすぎて我が愛刀が反応しそうになったが、何とか我慢した。

あとは——おっぱいだ。

「⁉」

おっぱいに触った瞬間、俺は目をカッと見開いた。

え、うそ、女帝さんのおっぱい柔らか⁉

いや、柔らかいなんて次元じゃない。触った感触は水だった。少し指先で突っついただけでぷるんぷるん波打っている。

にもかかわらず垂れていない。

昔、本か何かで柔らかいおっぱいは垂れやすいと聞いたことがあるが、そんな気配は微《み》塵《じん》もなかった。

いったいどうなってんだ。もう少し揉んで確かめ――。

と、そこで俺は触るのを止めた。

何故かって？

「レイシェル殿、私には貴殿が母上の胸を揉みしだいているようにしか見えないのだが？」

俺の背後、ローズマリーの方から『ゴゴゴッ』という効果音が聞こえてきそうなほどの凄まじい圧力を感じたのだ。

弁明した方が良いだろうか。いや、すべきだな。じゃないと怒られる。

「ま、待ってください。決して下心で女帝陛下のおっぱいを揉んでたわけではないんです」

「ほう？　ではどういうわけなのだ？」

「さっき賊に襲われたと言ってましたよね？　呪いを宿した武器で胸部を刺されたりしたんじゃないですか？」

「!?　あ、ああ、そうだ」

俺が予想を口にすると、ローズマリーは目を見開いて驚いているようだった。

「何故分かったのだ？」

「うーん。感覚的な話ですけど、俺の力で身体の異常を取り除くことができると、『治った』って何となく分かるんです。その『治った』って感覚がおっぱ――胸部でいっそう強くなったんです」

「そう、なのか。すまない、私の早とちりだったようだ。私はてっきり、貴殿がただ母上の胸を揉んでいるだけなのかと」

「ははは、ソンナワケナイジャナイデスカヤダー」

よし、誤魔化せた。

実はローズマリーの予想が半分正しいことは黙っておこう。

だって仕方ないじゃん。男の子なんだもん。大きくて柔らかいおっぱいには逆らえねーんだ。

本当はもっと揉んでいたかったが、怪しまれないよう次の患部を治そう。

胸に続いて、鎖骨と首から呪いを除去した。

「あとは……」

俺は女帝さんの頬を両手で挟むように触れる。

そして、『完全再生』で頭部に巣くっていた呪いを取り除いた――その次の瞬間だった。

ぱちっと女帝さんの目が開く。

まるで月のように光り輝く黄金の瞳が、静かに俺を見つめてきた。

「え、えーと」

「……」

「お、おはようございます？」

視線がかち合って気まずいので、取《と》り敢《あ》えず目覚めた女帝さんに挨拶をする。

「ハッ⁉」

俺はそこで改めて自分と女帝さんがどういう状態なのか見た。

女性の頬に手を添えているその姿勢は、まさに『襲う寸前』のような構図に見えなくもない。

これは拳《こぶし》が飛んできても文句は言えないだろう。

間の悪いことにローズマリーは母親の意識が回復したことを喜び、涙ぐんでいてすぐには動けない。

ならば俺が取るべき行動は全力の説明‼

「あ、あの、これは違うんです‼　貴女を襲おうとしたわけではなく――」

シュバッと女帝さんが動いた。

な、殴られる⁉

と思って咄嗟《とっさ》に身構えたら、女帝さんは俺もローズマリーも想定していなかった行動に出る。

俺の腕を摑《つか》み、ぐっと引き寄せたのだ。

そして俺は、その大きくて水のような柔らかおっぱいに無理やり顔を埋められてしまう。

俺は息ができず、突然の事態に軽いパニックに陥ってもがき、谷間から女帝さんを見上げる形で視線を交差させた。

女帝さんの艶のある唇が動き、鈴のような声が発せられる。

「坊やが私を目覚めさせてくれたのですね？」

「え、えっと、はい」

俺はただ頷くことしかできなかった。

女帝さんは俺の頭を優しく撫《な》でながら、感謝の言葉を口にする。

「坊やのお陰で、私は命拾いしたようです。心から感謝します」

「ど、どういたしまして。あの、なんで俺の頭撫でてるんですかね？」

「つかぬことをお聞きしますが、坊やには好いている女性や婚約者はおられますか？」

「あ、この人、人の話を聞かないタイプの人だ。で、何ですって？　好いてる人？　以前は婚約者ならいましたけど、今はいないです」

女帝さんの突然の行動と質問に困惑しながらも、俺は正直に答える。

すると、女帝さんはクールな表情をピクリとも動かさないで、やはり俺の頭を優しく撫でながら言った。

「では坊やを我が夫とします」

脳がフリーズした。

俺だけでなく、それを近くで聞いていたローズマリーも同様にポカンと口を開いたままになっていた。

「え？　は？　え？」

「は、母上⁉　な、ななな何を仰《おつしや》っているのですか⁉」

「おや、ローズマリーもいたのですね。心配をかけました。母はもう大丈夫ですよ」

「そ、それは何よりですが……」

さっきの女帝さんの発言は俺とローズマリーの聞き間違いだったのか。

そ、そうだ。きっとそうに違いない。そう思って自分を納得させようとしたのだが……。

「というわけで、母はこれから坊やと甘い夫婦の一時を過ごします。なのでローズマリーは少し席を外すように」

聞き間違いじゃなかった‼

ローズマリーは女帝さんのあまりにも突然すぎる言動に困惑しながら、鋭いツッコミを入れる。

「何が『というわけで』なのですか⁉　レイシェル殿もいつまで抱き締められたまま撫でられているのだ‼　なぜ抵抗しない⁉」

そりゃあ、ねぇ？

身長に差はあれど、女神みたいに綺麗なお姉さんから「夫になれ」とか言われたら抵抗しないに決まっている。

というか女帝さんからふわっとした超良い匂いがするんですけど‼

……冷静に考えてみたら、ローズマリーは第七皇女だ。

ということはつまり、この綺麗な女帝さんが七人も子供を産んでいることになるのだろうか。

なんだろう、新たな扉を開きそうだ。

女帝さんは俺の頭を撫でながら、やはり表情を変えずに言う。

「坊やの名はレイシェルというのですね。素敵な名前です。私はアルカリオン。神聖ドラグーン帝国の女帝です」

ふむふむ、女帝さんの名前はアルカリオンと言うのか。

「何を自己紹介しているのですか‼　レイシェル殿も一旦母上から離れるのだ‼」

アルカリオンに抱き締められていた俺を、ローズマリーが無理やり引き剝がす。

ああ、もう少しあのたぷたぷ柔らかおっぱいに顔を埋めていたかったのに……。

少し名残惜《なごりお》しいが、ローズマリーの目が何故か怖いのでふざけるのはここまでにしよう。

「母上、急にどうしたのです⁉　もう少し他にあるでしょう⁉　ましてやレイシェル殿を夫にするなどという冗談は――」

「ローズマリー。私の可愛い七番目の娘、ローズマリー」

アルカリオンがローズマリーの名前を呼ぶ。

その声色は穏やかで、興奮した様子のローズマリーを落ち着かせる不思議な力が宿っていた。

冷静さを取り戻したローズマリーは、一度大きく深呼吸して息を整える。

「っ、は、はい。何でしょう？」

「貴女の母はこの大地に生まれ落ちてから冗談を口にしたことはありません。つまり坊やを我が夫とするのは本気ですし、決定事項です」

「……ではせめて、その結論に至った過程を話してください」

「ふむ」

ローズマリーの問いに対し、アルカリオンは無表情のまま小首を傾げて思考する。

その姿がちょっと可愛い。

「ずっと、暗闇の中にいました」

「暗闇……？」

「はい。私はずっと真っ暗な場所にいました。何も見えない。音も聞こえない。何となく予感しました。自分は死の間際にいるのだと。私の永き命も遂《つい》に潰えるかもしれないと、覚悟しました。その時です」

アルカリオンが俺をじっと見つめ、再び抱き寄せてギュッとしてくる。

俺はまたしても大きくて柔らかいおっぱいに捕まってしまった。

「突然、眩しい光が暗闇に差し込んできたのです。その光に向かって真っ直ぐ進んだら、目が覚めました。そして、目を開いたらこの坊やがいたのです」

俺の頭をアルカリオンがめちゃくちゃナデナデしながら言う。

おうふっ‼

美人なお姉さんに抱き締められながら頭を撫でられるとか、やっぱり最&高にもほどがあると思います。

「ローズマリー、母はぶっちゃけます」

「ぶっちゃ、え？」

「私は坊やに一目惚《ひとめぼ》れしました。好き好きメロメロゾッコンラブちゅっちゅっ、です。坊やが大好きです。坊やを愛しています。もう坊やなしでは生きていけない。坊やが尊い」

「真顔で言わないでください、母上‼」

無表情で少し冷徹な印象を受けるが、もしかしてアルカリオンって愉快な人だったりするのだろうか。

「ローズマリーは母が坊やを夫とすることに反対ですか？」

「は、反対というか、お二人は出会ったばかりでしょう⁉　そういうのはもっと、お互いのことを知ってからで……」

「ふむ。一理ありますね」

アルカリオンがコクリと頷いて、ローズマリーが安堵《あんど》の表情を見せる。

「坊や」

「なんですか？」

「私は一途で尽くすタイプです。夫は過去に七人いましたが、それは過去のこと。今は未亡人です。これからは坊やだけを愛すると誓います。あと今後は私が坊やを養うので、常に私の側にいるように」

「え？　あ、えっと、え？」

「というわけなので、これから心身ともにもっと母のことを坊やに知ってもらうため、今から子作りをします。ローズマリーは退席するように」

「母上⁉　で、出会ってすぐ子作りなど不埒《ふらち》です‼　ダメです‼」

「では坊やに聞きましょう。坊や、私と子作りしたいですか？　私は坊やの子を産みたくて産みたくて堪りません」

アルカリオンと子作り、だと？

俺は一切の迷いなく、腹から声を出して答える。

「――したい‼」

「⁉　ま、待て‼　レイシェル殿‼　貴殿まで何を言い出す⁉」

俺は今までの人生、ロクなことがなかった。

赤ん坊の頃から暗殺者に狙われるし、仲がいいと思っていた弟には嫌われてたし。

でも今までの不幸は、今日の幸せを噛み締めるためにあったのだと思えば、全てがいい思い出だ。

「俺、アルカリオンの夫になる‼」

「だ、駄目だ駄目だ‼　私が認めないからな‼」

「ローズマリー。これから家族になるんだ。お父さんって呼んでくれても――」

「絶対に呼ばーん‼」

「……ふむ」

ローズマリーが叫び声を上げる傍らで、アルカリオンは何かを考えているようだった。

ただ無言で、ローズマリーのことをじっと見つめている。いや、ローズマリーの『何か』を視ている。

そんな気がした。

その時のアルカリオンの黄金の瞳は、うっすらと光っているようだった。

「……なるほど、そういうことでしたか。たしかに事を急ぎすぎましたね」

「ふぁ？　あ、そ、そうですか。お分かりいただけたなら良かっ――」

「私は母失格ですね。娘の恋心にも気づかないとは。まさかローズマリーも坊やに危ないところを救ってもらい、惚れているとは――」

「わー!!　わー!!　レイシェル殿!!　貴殿を客室まで案内するぞ!!　貴殿は女帝陛下の命の恩人だからな!!　最上級のもてなしをするぞ!!」

「え、アルカリオンと子作りは……」

「絶対にさせるか!!」

ローズマリーは大声で叫びながら俺の首根っこを掴み、そのまま俺を引きずってアルカリオンの部屋から出る。

その際、アルカリオンの呟くような独り言が少し聞こえてきた。

「可愛い娘が慕う殿方を奪うのは忍びないですね。いえ、いっそのこと二人で坊やを共有するというのもありでしょうか。ふむ、法を変える必要がありますね。坊やの安全のためにも賊の侵入を手引きした者を処分せねば。坊やとの子作りはしばし我慢です」

アルカリオンの表情はやはりピクリとも動かない。

しかし、その目は本気だった。

というか、ローズマリーも俺を慕っているというのは本当なのだろうか。
母娘《おやこ》から好かれてしまうとは、俺って罪な男だったんだな……。

こうして、俺のスローライフが始まった。

第二章　捨てられ王子の帝都暮らし

神聖ドラグーン帝国は大陸最強の国家。

多くの者がそう語るのは、帝国がワイバーンを使役しているからだろう。

ワイバーンは頑強な鱗《うろこ》で全身が覆われており、まず剣や槍《やり》は通じない。

というか、そもそも空を飛ぶワイバーンにそれらは届かない。

街を囲む防壁上に設置するような専用の大型バリスタを数台使い、ようやくダメージが入るか否かの魔物だ。

そんな怪物が集団で組織的に襲ってくる。

ワイバーンを使役する帝国が圧倒的なのは言うまでもない。

唯一効果が見込めるであろう魔法で迎撃しようにも、ワイバーンが高速で空中を動き回るため並みの魔法では捉えられず、当たらない。

仮に当たったとしても貫通力に秀でた魔法でないなら、ワイバーンの鱗が鎧《よろい》となって大したダメージは与えられないだろう。

ワイバーンを倒すには速度と貫通力、連射性に秀でた魔法でその身を穿《うが》たねばならない。

そこでアガーラム王国軍が俺の前世のうろ覚えの知識を基に開発したのが、対空魔法だ。

対空魔法は速度と貫通力に特化させた魔法で、ぶっちゃけ連射はできない。

なのでそこは魔法使いの数を揃《そろ》え、物量で押す。

複数名の対空魔法使いによる魔法の弾幕を展開し、ワイバーンを撃墜するのだ。

それでも有効部位、例えば頭や心臓を撃ち抜かない限りは殺せないし、動きを封じるには翼を狙うことが必須。

そんなワイバーンを国家単位で運用している国が、弱いはずがないのだ。

制空権の獲得は勝利に直結する。

そう思うのは俺が転生者であり、前世の記憶があるからだけではない。

実際に最前線で戦い、ワイバーンの恐ろしさを知ったからだ。

では仮に、ワイバーンがいなかったら王国軍は帝国軍に勝てるだろうか。

ドラグーン帝国の女帝、アルカリオンを治療するために帝都に来る前の俺だったなら、間違いなく勝てると頷《うなず》いた。

精神論ではない。

ドラグーン帝国ほどではないにしろ、アガーラム王国も大国と呼ぶに相応《ふさわ》しい国力を有している。

いや、むしろワイバーンという絶対的戦力抜きで国力を比べたら大した差はないと本気で思っていた。

帝国が周辺数ヵ国を相手に戦争ができるのは、ワイバーンの使役という一点でのみ他国を圧倒しているからだ、と。

結論から言おう。全く見当違いだった。

「殿下。帝国、まじパネェっすね」

「……だな」

俺はアルカリオンに与えられた部屋の窓から帝都を見下ろしていた。

隣には部下の一人、第四衛生兵部隊の副隊長であるダンカンがいる。

俺が何かやらかす度にねちねち言ってくるし、たまに暴力も振るってくるが、一番頼りになる部下だ。

「あれ、魔力灯でしたっけ。王国でやろうとしても無理なんじゃないっすか？　技術力的にも資金力的にも」

「無理だろうなあ」

まず驚いたのが、帝都の夜に暗闇が存在しないことだろう。

帝都には無数の街灯があった。

ローズマリーから教えてもらった名前は『魔力点灯式街灯』だったか。略して魔力灯だ。

魔力を流す性質を持った糸が地中に埋まっているそうで、その糸を通して魔力を供給し、街灯を光らせているらしい。

アガーラム王国に街灯は存在しない。それを作る技術力も、首都全体に設置する資金力もない。

だから夜は人が外出せず、店が閉まる。

しかし、ドラグーン帝国の帝都では街灯があるお陰で夜でも人が出歩く。

人が出歩くため、多くの商店が夜になっても営業している。

そして、深夜になったらエッチなお店が開き始めて性欲を持て余した大人たちが徘徊《はいかい》する。その無限ループだ。

眠らない街の完成である。

必然、二十四時間誰かが帝都のどこかでお金を使うため、国としても経済的に潤う。

帝国が大陸最強たる所以《ゆえん》はワイバーンだけでなかったのだ。

驚くべきは一般家庭にも電球、いや、魔力で光るんだから魔球か？　が普及していることだろう。

俺は王族としての暮らしが長く、また前世の記憶があるせいで疑問に思わなかったが、ダンカンに言わせれば照明がどこの家庭にもあるのは異常らしい。

王国の一般家庭で照明と言えば、ロウソクが当たり前とのこと。

高い金を払ってシャンデリアのような魔導具を作らせ、明かりを確保するのは王国だと金持ちの貴族や大商会の幹部くらいなのだとか。

「そんであれですよ。ほら、あれ」

ダンカンが窓から指差したのは、帝城からいくらか離れた場所にある小さなドームだった。

そのドームからはいくつもの線路が伸びており、ちょうど機関車が黒煙を空に吹き上げながら発車する様子が見える。

「ちっとも継戦能力を失わない帝国の補給線がどうなってんのか前々から疑問でしたけど、こりゃ勝てないっすわ」

「だな」

燃料に石炭ではなく魔力を用いているため、細かい原理は違うようだが、列車が物資を輸送していることに変わりはない。

そして、それは帝国を支えている確かな力だ。

中世ヨーロッパ風の国が多い世界で、ドラグーン帝国だけが産業革命後くらいの技術力を有しているのだ。

まあ、まず普通に戦争したら勝てないわな。

そこまで考えて、俺は「そう言えば」と思い出す。

「一部の地域を除いて中世ヨーロッパ風の世界、だったな」

俺をこの世界に転生させたデカ乳女神様が言っていたことだ。

この世界は一部の地域を除き、中世ヨーロッパと同等の文明レベルだと教えてもらった。

その除かれた地域が帝国だったのかもしれない。

「よーろ？　なんです、それ」

「地球って異世界の地域名」

「馬鹿にしてんですか？」

ダンカンが凄《すご》く可哀想《かわいそう》な人を見る目で俺を見てくる。

ま、普通は信じないよな。俺だって信じないわ。

でも帝都を見てたら、産業革命後くらいのヨーロッパってこんな感じだったのかなあって思う。

いや、ワイバーンという航空戦力があることを考慮するなら、軍事力に関しては二十世紀に匹敵するのではないだろうか。

思わずゾッとしてしまう。

もし帝国がもっと発展してしまったら、例えばワイバーンに爆弾を持たせて爆撃機みたいな使い方をし始めたら、その行軍を止められる軍隊が果たしてこの世界にあるのか……。

まだ爆弾とか銃器とか、そういう兵器が発展していないのがせめてもの救いだろう。

「ところで殿下」

「なんだ？」

「女帝から求婚されたって本当ですか？」

「まあ、うん」

女帝、アルカリオンからの求婚。

帝国に来てから数日が経ったが、どういうわけかアルカリオンが俺に求婚してきた話はごく短時間で帝都中に広まった。

いや、帝都だけじゃない。

帝国全土やその周辺諸国にも広まっているらしい。

多分、アガーラム王国にも噂《うわさ》程度で話が届いているかもしれない。

「まじで何やったんです？　殿下みたいなちゃらんぽらんに求婚した女性なんて、アンドレッド公爵令嬢くらいじゃないですか？」

「普通に治療しただけだよ‼　あとお前、仮にも自国の元王子をちゃらんぽらんって言ったか⁉」

「言ってないです」

絶対に言ってた。

「で、どうするんです？　引き受けるんですか？」

「……どうしよう？」

俺としては普通にありだと思っている。

おっと。

断じてアルカリオンのおっぱいを好き放題したいからとか、そういう下心で判断しているわけではない。

……いや、ちょっとは考えているけども。断じて下心だけではない。

俺がアルカリオンと結婚して、王国との戦争を止めるようお願いするのだ。

帝国が王国以外の国としている戦争も、王国が仲裁して終わらせることができるかもしれない。

そうしたら、世界が平和になる。

まあ、所詮は机上の空論。

戦争が終わっても、殺し殺されで積もりに積もった恨みは消えるわけではない。

表面上は戦争が終わっても、いつか再び戦争が勃発するだろう。

しかし、それは俺の知ったことではない。

俺はただ俺が生きている間に戦争が起こるのが嫌なだけだ。

俺の与《あずか》り知《し》らぬところで勃発した戦争に興味はないし、止めたいとも思わない。

自分でも薄情だと思うが、人間なんて所詮そんなもんだ。

そんな俺の考えを露知らず、ダンカンはあっけらかんと言った。

「そこは殿下のお好きにどうぞ。オレらには関係ないことなんで」

「お前、もうちょっと真剣に考えようよ。あと、もう少し俺を労《いたわ》れよ。もっと敬えよ。俺、王族なんだぞ」

「殿下、オレたちは仲間です。そこに上下関係なんてない。そうは思いません？」

「それ俺が言う台詞《せりふ》だからな？」

「っと、そろそろ時間なんでオレはもう行きますね」

「おう、いってらっしゃい。戻ってきたら話の続きするからな」

ダンカンが「へいへい」と笑いながら部屋を出て行く。

ダンカンは、というか俺の部下たちは、治癒魔法の腕を買われて帝都の国営治療院で厚待遇で働いている。

ただし、治療するのは民間人限定らしい。

兵士や軍関係者は治療しないという契約を結んでいるそうだ。

アルカリオンは俺の部下たちを捕虜としてタダで飯を食わせるのではなく、戸籍を与えて働かせる方針を取った。

その方が捕虜として扱った時より利益が大きいらしく、一部の反対を押し切る形で強行したらしい。

アルカリオンには感謝だな。

と、ダンカンが部屋を出て行ってしばらくした頃。

――コンコン。

不意に誰かが俺の部屋の扉をノックした。

『私だ』

扉の向こう側から聞こえてきたのは、ローズマリーの声だった。

俺は窓を閉じ、扉を開ける。

扉を開けた先には、出会った時と同じ分厚い鎧を身にまとっているローズマリーが立っていた。

訓練終わりのようだ。

「今日はどうしたんです？」

「いや、その、レイシェルが暇《ひま》しているのではと思ってな。様子を見に来たのだ」

国営治療院で働いているダンカンたちとは違い、俺は帝城から出られない。

まあ、当然だろう。

いくら戦争している敵国の元王子とはいえ、他国の王族を働かせるのは色々と問題がある。

俺としてはありがたい話だ。

最前線に来る前はぐうたら生活を謳歌《おうか》していたからな。

戦場にいたせいでガサガサになった肌も、好きなだけ二度寝できる環境で元のツヤツヤお肌に戻った気がする。

「元気そうな顔を見られて良かった」

そう言って微笑《ほほえ》むローズマリー。やだ、可愛《かわい》い。

「その、食事を持ってきた。良かったら一緒に食べないか？」

「食べます‼」

ここ数日、俺とローズマリーは昼食を一緒に食べている。

ダンカンたちがいない時は一人で暇だ。

やることといえば帝城の書庫から借りてきた本を読むことくらいである。

そんな俺にとって、ローズマリーとお喋《しゃべ》りできるこの時間はとても楽しいものとなっていた。

「今日は何ですか？」

「サンドイッチだ」

サンドイッチ。俺の好きな食べ物だ。

ローズマリーはサンドイッチが入っているであろうバスケットを俺に渡そうとして、ピタッと動きを止める。

なんだ？

「前にも言ったが、敬語はやめてくれ。貴殿とは対等な関係でいたい」

「あ、ごめんごめん。つい」

俺は軽く謝罪し、今度こそバスケットを受け取った。

「おお、美味《おい》しいそう‼　いただきまーふ」

ローズマリーの持ってきたバスケットからサンドイッチを取り出し、頬張る。

うむ、美味しい。

特に肉厚のハムを贅沢《ぜいたく》に使ったサンドイッチがジューシーで美味しかった。レタスもシャキシャキだ。

「まじで美味しいな……。高級肉でも使ってんのかな？　野菜も瑞々《みずみず》しい。ローズマリー、これ作ってくれた人にお礼言いたいんだけど」

「う、うむ。私からしっかり伝えておこう」

何故《なぜ》か口元が緩んでいるローズマリー。嬉《うれ》しいことでもあったのだろうか。

と、ローズマリーを見つめている時に気付いた。

「ローズマリー、なんか疲れてる？」

「む。……分かるか？」

「まあ、何となく」

心なしか元気がないと言うか、目元にうっすらと隈《くま》がある。

寝不足だろうか。

「実は昨日の夜、竜騎士団の演習があってな。そのまま徹夜で、さっきまで訓練だったから少し眠いのだ」

「竜騎士団の団長って大変なんだなあ」

ローズマリーは第七皇女の立場の他に、ドラグーン帝国竜騎士団団長の肩書きも持っているらしい。

十歳の頃から竜騎士団を率いているそうで、その実力は当時から最強の名をほしいままにしていたとか。

いや、本当に尊敬する。

前世の俺とか、十歳の頃はハナクソほじって道端に落ちてたウンコの話題で盛り上がってたし、今世ではぐうたらしてた年頃だ。

ちょっと自分が恥ずかしい。

「睡眠不足のせいか、肩こりも酷《ひど》くてな」

「いや、それは睡眠不足のせいじゃないと思う」

「？」

俺はローズマリーのおっぱいを見ながら言った。

ローズマリーの肩こりの原因、それは絶対におっぱいのせいだ。

……ごくり。

「も、もし良かったら、俺がマッサージでもしようか？　ちょっと自信あるんだ」

「……目つきがいやらしいのは気になるが、そうだな。せっかくだし、頼めるか？」

「ま、任せてくれ‼　ほら、鎧脱いでベッドで横になって‼」

「うむ」

ローズマリーは俺に言われるがまま、ゴツゴツした鎧を脱ぎ、インナー姿になる。

大迫力なおっぱいが『だぷんっ♡』と揺れた。

「うお、でっか」

「お、おい、あまりじろじろ見るな」

ローズマリーは俺を咎《とが》めるように言うが、反応するなという方が無理だ。

デカイ。

初めて触った時の感触は今でも覚えている。マッサージのどさくさに紛れて触ってみようか。

……いや、やめておこう。それはさすがに人としてやっちゃダメな気がする。

え？　もう手遅れだろって？　ははは、勘の良い奴《やつ》は嫌いだよ。

「んっ、準備出来たぞ」

ローズマリーがベッドでうつ伏せになった。普段は俺が眠っているベッドで。

その際、大きなおっぱいが潰れて横乳がはみ出し、俺の視線を釘《くぎ》づけにする。

「レイシェル、どうした？　早くしてくれ」

「あ、うん。じゃあ、えっと、失礼します」

俺はローズマリーの背に跨《また》がった。

そして、首や肩、肩甲骨の辺りを親指でぐっと押す。

「んっ♡　あっ♡　い、いいな♡　凄く気持ちいいぞ♡」

……。

「んあっ♡　そこ、はぁ♡　あんっ♡　レ、レイシェル、もっと強めにしてくれるか？　はぅっ♡　んっ♡　そこっ♡」

……。

「くぅ♡　らめっ♡　そこぐりぐりしちゃっ♡　ひゃうんっ♡」

……。

一応、言っておく。これはただのマッサージである。断じてエロいことは何もしていない。

ちょっとローズマリーの反応がそれっぽいだけで、断じてエロいことはしていない。

そう自分に言い聞かせる。

でも、でもだ。

「ああっ♡　そんなっ♡　痛いのにっ♡　気持ちいいっ♡」

無理だよ‼

こんな台詞聞いたら誰だって反応しちゃうって‼

てかローズマリー、わざとやってるわけじゃないよな⁉　部屋の外に人がいたら絶対に勘違いする台詞だぞ⁉

「んっ♡　はあ♡　はあ♡　レイシェル、今度は腰の辺りも頼めるか？　ワイバーンの鞍《くら》は硬くてな。腰が痛くてかなわん」

「わ、分かった」

俺はローズマリーの腰を指でぐっと押す。

「おっ♡　おおっ♡　私の弱いところをっ♡　的確にっ♡」

無心だ。無心を心がけるのだ。

自分からマッサージを提案しておいて何だが、これはヤバイ。

無心であらねば過ちを犯しそうになる。

必死に理性で本能を抑えながらマッサージを続けること十数分。

ローズマリーはよほど疲れが溜《た》まっていたのか、静かに寝息を立て始めた。

「すぅー、すぅー」

「……ごくり」

いや、いやいや。落ち着こう。眠っている女の子に手を出すのはダメだろう。

ちくしょー、寝顔めちゃくちゃ可愛い。

普段は凛々《りり》しい美女が油断して眠っている顔を見たら不純な感情が湧いてくる。

「ちょ、ちょっとくらい、お触りしてもいいかな？　マッサージの延長ってことで……」

そうだ、これはマッサージの延長。決してエッチなことではない。

そう思ってローズマリーのおっぱいに手を伸ばした、その瞬間だった。

「んっ、レイシェルぅ……」

「……」

思わず手を止めてしまう。

崩壊しかけていた理性が戻ってきて、俺は我に返った。

「はあー。俺、何やってんだろ」

ローズマリーがこうも油断してすやすや眠っているのは、俺を信用しているからだろう。

その信用を、一時の性欲に任せて損なうところだった。

「……本でも読むか」

ローズマリーはこのまましばらく寝かせておいてあげよう。

と、その次の瞬間だった。

「んっ」

「え？」

ローズマリーが寝返りを打ったのだ。

その背に乗っていた俺はローズマリーの隣に放り出されて、彼女に抱き着かれ、覆《おお》い被《かぶ》さられてしまった。

大きなおっぱいが俺の顔を押し潰してくる。

「⁉　っ、⁉」

脳の処理が追いつかない。

ただ分かるのは、俺は身動きが取れなくて、ローズマリーが密着しているということのみ。

そして、俺の頭全体を包み込む柔らかい感触の正体がローズマリーのおっぱいということのみ。

辛《かろ》うじて息はできる。

ちょうど鼻先がローズマリーの渓谷に収まり、窒息することはなさそうだった。

しかし、ほのかに甘い匂いと汗の混じった匂いが鼻の奥をくすぐる。

俺は瞬時に理解した。

ローズマリーは竜騎士団の演習が終わり、すぐに俺のところまで昼食を持ってきてくれたのだろう。

むわっと、男が一番理性を失う匂いがした。

「すぅー、すぅー」

まだ寝息を立てているローズマリー。

ドクンドクンと、俺のものかローズマリーのものか分からない心臓の鼓動が聞こえてくる。

駄目だ。我慢、我慢だ我慢。絶対に我慢だ。我慢我慢我慢我慢……。

しかし、どれだけ必死に念じても俺は男の本能に逆らえそうになかった。

もう我慢しなくていいんじゃないか？

そもそも我慢ってなんだ？　人間とて生き物だ。少し賢いだけで、欲求に従順な獣となんら変わらない。

そうだ。そうだよ。

なぜ俺が獣になってはいけないんだ？　むしろちゃんとした生き物なら、本能に忠実であるべきだ。

決めたぞ。

俺は狼《おおかみ》になる。目の前のお肉をむしゃむしゃ食べる狼に、俺はなる‼

「いっただっきまーす‼」

「何をいただくんだ？」

「……」

ローズマリーの目が開いていた。俺とばっちり視線がかち合っている。

「い、いつの間に起きて⁉」

「お前の、その、硬いものがお腹《なか》に当たって目が覚めたのだ」

俺は慌てて股間を手で押さえる。

「あの、これは、そのぉ」

「……別に、怒るつもりはない。私は寝相が悪くてな。抱き枕があるとマシになるものだから、ついいつもの癖でレイシェルを抱き枕代わりにしてしまった。今回は私に非がある」

そう言いながらローズマリーは俺を解放し、ベッドから起き上がって鎧を着込む。

「ほ、本当にすみません‼」

「……私に非があると言っただろう。レイシェルが謝る必要はない。……素直に言えばいくらでも……ごにょごにょ……」

「え？　今なんて⁉」

「な、何でもない‼　ま、またマッサージを頼むこともあるかもしれん。その時は、その、頼むぞ。ふ、不埒《ふらち》なことはナシだがな‼」

「あ、う、うん」

ローズマリーは頬を赤らめながら、俺の部屋から出て行ってしまった。

最後のローズマリーの言葉を聞き取れなかった自分の耳を恨む。

「でもやっぱ、脈アリなのかな？」

一人になった部屋で、俺は呟《つぶや》いた。

ローズマリーのあの反応、絶対に俺のこと好きだろ‼　俺になら抱かれてもいい、みたいな雰囲気醸し出してるよな⁉

「ちくしょー‼　惜しいことしたか⁉　あのままローズマリーを強気に押し倒せばイイ感じになってたんじゃないか⁉」

人生に一度あるかないかの好機を逃がしてしまったような気がする。

俺は自分が我慢できる男だったことを初めて後悔した。

「はあー、次こそはチャンスを逃がさないぞ‼　マッサージももっと練習しておこう‼」

「では坊や、私にもマッサージをしてくれますか？」

「……え？」

声がした方を振り返ると、ローズマリーよりも背の高いボンキュッボンの美女が部屋のクローゼットからぬっと出てきた。

アルカリオンだ。いや、それよりも……。

「ええ⁉　ちょ、え⁉　なんでクローゼットから⁉　え、いつからいたの⁉」

「早朝、坊やが眠りから覚める前にこっそりと」

「そんな前から⁉　てか鍵は⁉　俺、部屋の鍵かけてたよね⁉」

「ピッキングは私の特技の一つです」

ピクリとも表情を動かさず、どこからか取り出した針金を見せながら淡々と言ってのけるアルカリオン。

なんで一国の女帝がピッキングできんのよ⁉

「それよりも坊や」

「な、何？」

「私にもマッサージをしてくれますか？」

「……ごくり」

本日何度目か分からないが、またしても生唾を飲み込む。

アルカリオンはローズマリーよりも更に背が高く、その分おっぱいも更に大きい。

マッサージという大義名分があれば、もっと近くで見られるだろう。

「じゃ、じゃあベッドに寝てくれ」

「分かりました」

アルカリオンがベッドに横たわる。……仰向けで。

「えっと、アルカリオンさん？」

「どうかアルカリオン、と。私と坊やは近いうちに夫婦となるのですから」

「あ、はい。じゃなくて!! アルカリオン、仰向けだとマッサージできないんだけど……」

「問題ありません」

アルカリオンは真顔のまま言う。

「坊やにマッサージしてもらいたいのは、おっぱいなので」

「!? え、おっぱ……え？」

「さあ、坊や。好きなだけおっぱいをマッサージしてください」

お、落ち着け。まだ慌てる時間じゃない。

マッサージって普通、肩とか腰とか、そういうところにするもんだろ？ おっぱいのマッサージって、それもうただ揉《も》んでんじゃん。

……最高では？

これ、行っちゃってイイ感じ？ 行っちゃってイイ感じのやつだよな!?

「じゃ、じゃあ、し、失礼しまーす!!」

俺がゆっくりとアルカリオンの大きなおっぱいに手を伸ばし、指先が触れそうになった瞬間。

ガチャッ。

誰かが部屋の扉を開けて入ってきた。

「すまない、レイシェル。伝え忘れたことが……あったん、だが……」

ローズマリーだった。

状況を瞬時に理解したのか、ローズマリーが捲《まく》し立《た》てる。

「な、何をしているのだ、レイシェル‼　それに母上まで⁉」

「見ての通り、坊やにマッサージしてもらうところです」

「私にはレイシェルが母上の胸を揉もうとしているようにしか見えないのですが⁉」

「はい。おっぱいのマッサージをしてもらうところです」

「どんなマッサージですか‼　その、そういうハレンチな行動はお控えください‼」

興奮するローズマリーに対し、アルカリオンは努めて冷静に言う。

「ローズマリー、落ち着いて母の言葉を聞きなさい」

「……なんでしょう？」

「貴方《あなた》はおっぱいを揉む行為をハレンチだと、そう言いたいのですね？」

「まあ、はい」

「それは間違いだと指摘しましょう。身体で触れ合うことは、互いの愛を確かめる行為でもあるのです。それがハレンチであるはずがありません」

「そ、それは、そうかもしれませんが……」

それっぽいことを言うアルカリオンにローズマリーの語気が弱まる。

「生産性のない一時の快楽に身を委《ゆだ》ねる、それが本当のハレンチです。そう、坊やと夫婦になり、愛し合い、子を成す行為はなんら悪いことではありません」

「それは、まあ……ん？　ちょ、わ、私は母上とレイシェルの結婚は認めませんよ‼　何をさらっと私から言質を取ろうとしているのですか‼」

「惜しい」

「惜しくないです‼」

「ローズマリー、パパって呼んでくれても――」

「レイシェルは黙っていろ‼」

怒られてしまった。

「ローズマリー」

「こ、今度はなんですか？」

「貴女はもっと、自分に正直になるべきだと母は思います」

「しょ、正直と言われても……」

アルカリオンから視線を逸《そ》らし、彷徨《さまよ》わせるローズマリー。

「正直に、坊やに『母ではなく私のおっぱいを揉め』と言えばいいのです。坊やは喜び勇んで揉むでしょう」

「な⁉」

たしかに俺なら揉むな、うん。

「そんな調子では、母が坊やを美味しくいただいてしまいますよ？」

「そ、それは‼　ぐぬぬぬ……」

ローズマリーが耳まで顔を真っ赤にし、口ごもる。

しばらくして、ローズマリーは俺の方を勢いよく振り向いた。

視線が交差する。

すると、ローズマリーは雑念を振り払うように一旦目を閉じて瞑想《めいそう》し、覚悟を決めてカッと見開いた。

「おい、レイシェル‼」

「は、はい‼」

「も、揉め‼　私のおっぱいを‼」

「――はい‼」

今日イチ大きな声が出たと思う。

「では娘が正直になったところで、母も正直になります。坊や、私のおっぱいを揉んでください」

「⁉」

「な、母上⁉」

「娘が胸を揉めと言ったのです。ならば母も言わねば無作法というもの」

そんな無作法知らない。……でも、

「ごくり」

目の前には四つの大きなおっぱいがある。しかも絶世の美女母娘《おやこ》だ。

前世は平凡な人生を送っていたが、もしかしたら俺は自分が知らないうちに世界を何度か救っていたのかもしれない。

そうでなければこんなご褒美は貰《もら》えないだろう。

「じゃあ、遠慮なく‼」

俺は二人のおっぱいを全力で揉みしだこうとして——。

「や、やっぱり無理だ‼　恥ずかしい‼」

「ふぎょ⁉」

ローズマリーの鋭い指が俺の両目に刺さった。容赦のない速攻目潰し。

俺じゃ見逃しちゃうね。

「あだあああああああああああああああああああああッ！！！！」

「ああ⁉　だ、大丈夫か、レイシェル⁉　ついやってしまった‼」

「ローズマリー、暴力はいけませんね」

「うっ」

俺は慌てて『完全再生』で目を治す。

女神様から貰ったチートがなかったら普通に失明してたな……。

しかし、眼《め》のような繊細な部分は元通りになるまで多少の時間がかかる。

しばらくは暗闇の中だ。

「ああ、可哀想な坊や。私がギュッとしてあげましょう」

「おうふ⁉」

真っ暗で何も見えないが、誰かが俺の腕をぐいっと引っ張って、優しく抱き締めてきた。

アルカリオンだろう。

顔を柔らかいものに埋められて、優しく頭をナデナデされる。

ぱふぱふ。なでなで。ぱふぱふぱふ。

めちゃくちゃ甘い匂いもした。

「あっ、レイシェル、その、うぅ……」

「ローズマリー、悪いことをしたと思ったら謝るものですよ」

「は、はい……」

抑揚はないが、アルカリオンの優しく諭すような物言いにローズマリーが頷いた。

「レイシェル、その、す、すまない」

「……行動で」

「え？」

「行動で‼　示して‼　悪かったって思うなら、行動で‼」

俺はここで賭《か》けに出る。

「こ、行動で示せと言われても……」

「どうやら坊やは、ローズマリーにも抱き締めてほしいようです」

「⁉　だ、抱き⁉　うぅ、わ、分かった」

賭けに勝った。

運は俺に味方してくれたようで、ローズマリーが後ろから抱き締めてきた。

前はアルカリオン、後ろはローズマリー。

まだ眼球の回復が完了しておらず、何も見えないが、たしかな柔らかさを背中に感じる。

「こ、これでいいか？」

「……もっと強く」

「こ、こうか？」

ギュッと背中に柔らかいものが押し当てられた。

「レイシェル、これで許してくれるか？」

「――許す‼」

俺は秒で許した。

「ローズマリー、しっかり謝れて偉いですね。母は貴女がごめんなさいできる子に育って嬉しいですよ」

「あぅ、は、母上、私はもう大人です‼　頭を撫《な》でないでください……」

「母にとってローズマリーはいつまでも可愛い娘なのです。坊やもローズマリーを許せて偉い偉い偉い、です。二人とも良い子ですね」

アルカリオンが俺とローズマリーの頭を優しく撫でる。

……そのまま三十分くらい経っただろうか。

「あの、母上」

「えっと、アルカリオン」

「何です？」

「「ナデナデが長い」」

「……むぅ」

俺とローズマリーが揃って言ったことで、ようやくナデナデをやめたアルカリオン。

やはり無表情だが、少し名残惜《なごりお》しそうだったのは気のせいではないだろう。

「ところでローズマリー。坊やに『アレ』のことは言ったのですか？」

「『アレ』？　……あっ。そ、それを言い忘れて戻ってきたのを忘れていました‼」

「うっかりさんなローズマリーは可愛いですね」

俺はアルカリオンに同意するように頷いた。

それにしても、『アレ』とは一体何のことだろうか。

「レイシェル、お前に頼まれていたものが完成したぞ」

「え？　……ああっ‼　『アレ』か‼」

俺はどうしても欲しいものがあって、ローズマリーにお願いしていたのだった。

どうやらそれが、今日完成したらしい。

◇

俺は帝城の長い廊下をローズマリーの後ろに付いてルンルン気分で歩く。

正直、ローズマリーとアルカリオンの前後おっぱいサンドイッチはもう少し堪能《たんのう》したかったが、ようやく念願の物が完成したらしいのだ。

こうしちゃいられない。

すぐローズマリーに案内をお願いし、部屋を出た。

なお、アルカリオンは仕事を放り出して俺の部屋にいたそうで、怒った美人ハイエルフの宰相さんに連れて行かれた。

前々から思っていたが、アルカリオンって表情が変わらないだけでかなりお茶目だよなあ。

なんてことを考えていると、廊下で知らないオッサンと遭遇した。

頭のてっぺんが光りまくっており、でっぷりと肥え太った男である。脂ぎっていて肌がピカピカしており、ちょっとオークっぽい。

いや、オークって豚と同じように結構な綺麗《きれい》好きらしいし、ちょっとオークに失礼かな？

「これはこれは、ローズマリー殿下。相変わらず女帝陛下に似てお美しいですな」

「……ゲース軍務卿《ぐんむきょう》か」

「はい。貴女様の忠臣、ゲースでございます」

ニヤニヤと下卑た笑みを浮かべるオッサン。

その視線はローズマリーの身体を舐《な》め回《まわ》すように見つめており、特におっぱいに注がれていた。

男の俺からしても気持ち悪い視線だ。

……いや、待て。

傍《はた》から見たら、俺もこのオッサンと同じ目でローズマリーのおっぱいを見てるんじゃないか⁉

ヤバイ。

ちょっとショックだ。

今度からローズマリーやアルカリオンのおっぱいを見る時は、視線を気取られないよう細心の注意を払おう。

え？　見るのをやめないのか、だって？

あの大きなおっぱいは見なきゃ損だろ‼　男なんて所詮そんなもんだよ‼

「何用だ？　私は忙しいのだが」

「おやおや、用がなければ話しかけてはならないので？」

そう言ってゲースが俺をちらりと見て、フッと鼻で笑った。

明らかな侮蔑の意志を感じる。

「ほう。貴方が噂の、祖国に捨てられた元王子ですか。随分と幼いですな」

「あ、これでも二十歳なんで。子供扱いはしないでください」

「……フンッ。気安く話しかけるな、忌々しい王国人め。女帝陛下も何を血迷って求婚などしたのか。敵国の元王子など早急に処刑すべきだろうに」

ええ、そっちから話しかけてきたのに……。

「ゲース軍務卿」

「なんですかな、ローズマリーでん――――」

俺が瞬きをした、その瞬間だった。

ローズマリーが目にも留《と》まらぬスピードでゲースの首をガシッ摑《つか》み、そのまま壁に叩《たた》きつけた。

「がっ⁉　で、殿下、な、何を⁉」

「ゲース軍務卿。貴様は私自身と母上の命の恩人を処刑すべきだった、などと本気で言っているのか？」

「そ、それはっ‼」

「言葉を選べよ、ゲース軍務卿。貴殿は知らないかもしれないが、私は気が短い方だ。この場で貴様の首をねじ切ることもできる」

「お、お待ち、お待ちをっ」

俺もヤバイと思ってローズマリーを慌てて止めた。

「ちょちょちょ‼　ローズマリー、ストップストップ‼　俺は気にしてないって‼　仮に処刑されても死なないから大丈夫だって‼」

「……」

「ね？　ね？　ほら、オッサン今にも死にそうな顔してるから‼　オッサンも早く謝って‼　ほら早く謝って‼」

「うぐっ、も、申し訳、ありませぬ……っ」

俺の必死の説得とゲースの謝罪が通じたのか、ローズマリーは俺をちらっと見た後、ゲースを解放した。

「げほっ、ごほっ」

「レイシェルに感謝するのだな。この場にいたのが私だけだったならば、貴様はもう死んでいる」

「こ、このようなことをして、げほっ、きっちり帝国議会に報告させていただきますぞ‼」

帝国議会。

それは女帝たるアルカリオンに政策を奏上し、多方面から帝国に利益もたらすことを目的とした政治組織だ。

帝国では貴族とその縁者、成人男性に選挙権があり、彼らが選んだ代表がアルカリオンからの承認を得ることで議会に加入することができる。

一見すると民主主義っぽいが、実際はアルカリオンのワンマンだ。

奏上された政策を採用するかどうかはアルカリオンが決めるし、当選した代表もアルカリオンが駄目と言ったら議会に加入できない。

地球だったら独裁政治とか言われそうな政治体制ではあるが、それで上手《うま》く回ってるから帝国って凄いよな。

いや、アルカリオンが凄いのかもしれないが。

しかし、帝国議会全体がボイコットしたらどうなるか分からない。

いくらアルカリオンとて国を運営することすらままならなくなるのではないか。

そう思ったのだが、ローズマリーはゲースを鼻で笑った。

「ふん、好きにすればいい」

「ほ、本気で言っているのですか⁉」

「貴様は勘違いしているな。母上は議会などなくとも帝国を治められる。……面倒だから嫌がるだけでな」

アルカリオンってものぐさなのか。

いやまあ、仕事サボって俺の部屋のクローゼットに潜んでたわけだし、薄々分かっていたことだが。

やっぱりアルカリオンって表情が変わらないだけの愉快な人だな、うん。

「お前たち帝国議会は母上が楽をするために作った政治組織だ。議会に加入している長命種、エルフやドワーフの議員たちは皆が理解している」

「っ、そ、そのようなこと、当然理解しておりますとも」

あ、ゲースが知らなかったって顔して慌ててる。

「母上とてレイシェルを処刑しろなどと宣《のたま》う者を許しはしないだろう。議会を通して母上に、女帝陛下に物申すなら命を懸けることだ」

「ぐっ、し、失礼する‼」

ゲースは脂汗を浮かべながら、逃げるように背中を向けて去っていった。

「……はあ、まったく。面倒極《きわ》まるな」

「なんか嫌な感じの人だったな」

「ああ、本当に嫌な奴だ。幼い頃から私をああいう目で見てくる」

「……」

そこに関しては俺も同じ穴のムジナなので何も言わないでおく。

「それよりも、行くぞ。こっちだ」

「あ、うん」

俺は再びローズマリーの後ろに付いて歩き、ようやく帝城の一角、目的地である部屋までやってきた。

「おお、おおおおおおおおおおっ！！！！」

そこは風呂場だった。しかも広い。

脱衣場と浴場に分かれており、浴場の壁にはいくつものシャワーが備えられ、薄い仕切りでそれぞれのシャワールームが隔てられている。

まるで小さなシャワールームが沢山あるようだ。

俺のイメージは銭湯っぽい感じの風呂場だったが、少し違う。建材に木材ではなく、石材が使われているからだろうか。

どちらにせよ、立派なお風呂であることに変わりはない。

お風呂。

それはアニメや漫画のような、受け継がれていくべき日本文化の一つ。風呂が嫌いな日本人はいないだろう。

俺は巨大な浴槽に入っている湯に指を浸《つ》け、温度を確かめる。

「お湯の温度もちょうどいい‼　最高‼」

「しかし、何故わざわざ湯に浸かりたいのか分からんな。シャワーで十分ではないか？」

「ふっふーん。分かってないなあ、ローズマリーは。せっかく帝都は上下水道が整ってるんだから、お風呂を作らなきゃ損だよ、損。お風呂まじ最高だから」

そう。

実は帝都には水道網が備わっており、帝城に至っては温かいお湯も出る。魔導具で水を綺麗にしているらしく、衛生面も完璧なのだ。

水圧は少し弱めだがシャワーもあり、安価な石鹸《せっけん》もあるから、帝国民は毎日身体を綺麗にしている。

それなのに、浴槽という概念が帝国にはなかったのだ。

それはもう損失だよ。

というわけで、俺は必死になってアルカリオンに浴槽に浸かることのメリットを説明した。

うろ覚えの知識だったが、眠りが深くなって疲れが取れやすくなる的なことをそれっぽく話してみたのだ。

すると、アルカリオンは秒で了承してくれた。

帝城の空き部屋を改造し、大きな浴場を作り始め、一週間という圧倒的な早さで工事を済ませてしまった。

いや、凄くね？

帝都に来てから帝国の技術力には圧倒されっぱなしだったが、流石《さすが》に早すぎるでしょ。

「ふむ。レイシェルがそこまで言うほどか」

俺があまりにも風呂のことでテンションが上がっているからか、ローズマリーも興味を抱いたらしい。

「具体的にどう良いのだ？」

「うーん。まずは――」

俺はアルカリオンにも話したことをローズマリーにも説明する。

「疲れが取れやすくなる、か。それが本当ならありがたいな」

ローズマリーの話によると、帝国竜騎士団は一日の大半を訓練に費やすため、数時間程度の睡眠では疲労が抜け切らないことがあるらしい。

竜騎士団って大変なんだなあ。

「他には?」

ローズマリーは純粋な疑問から訊《き》いてきたのだろう。

しかし、風呂が好きなだけで専門家でも何でもない俺は返答に詰まった。

「えーと、あとはあれだよ。気分が良くなる。リラックス、みたいな」

「気分的なもの、ということか?」

「こ、効果があるのは本当だぞ!!　俺のわがままで最前線に風呂を作ったけど、兵士からは好評だったし」

まあ、前線で作ったお風呂はここにあるものほどしっかりしたものではない。

土魔法で穴を掘り、水魔法で水を出し、その水を火魔法で温めただけの簡単な代物だった。

それでも温かいお風呂は精神的にも体力的にも疲労していた兵士たちを癒やし、結果的に士気を向上させた。

練度で劣る王国軍が精強な帝国軍を相手に善戦していたのもお風呂のお陰だと俺は思っている。

「む、そうなのか。……今度、帝国も前線に作ってみるか」

「あっ。ロ、ローズマリー、今のは聞かなかったことにしてくれないか？」

やっべー、やらかした。

ローズマリーやアルカリオンから好意を向けられていて忘れがちだが、帝国と王国は今も戦争中なのだ。

その戦争中の相手に結構重要な情報を渡してしまった。

内心で焦る。

ぶっちゃけ俺から王位を奪ったヘクトンやそれに加担した重鎮たちが困るのは何とも思わない。むしろ困れ。

ただ、俺の失言のせいで前線で戦っている兵士たちに被害が出るのは忍びない。

どう誤魔化したものか考えていると、ローズマリーはあることを教えてくれた。

「アガーラムのことを気にしているなら、心配はいらないぞ。レイシェルを捕虜にしたことを公にして、一時的に王国とは停戦になったからな」

「え、そうなの？」

「うむ。三日前だったか、母上が王国に使者を送ってな。レイシェルを戦地に追いやった連中も、流石に捕虜となった王族を見殺しにするのは外聞が悪いと判断したようだ。すんなり停戦を受け入れたそうだぞ」

「そう、なんだ。知らなかった……」

「まだ母上と上層部の一部しか知らんからな。今日か明日か、近いうちに発表があるはずだ」

……そっか。なら本当に戦争はしてないのか。

「あくまでも停戦だがな。王国はレイシェルの返還を求めてきているが、現アガーラム王のしたレイシェルへの仕打ちを考えれば、母上は絶対に応じないだろう」

「仕打ちって、ただ弟に権力争いで負けただけだし、生きてるんだから良くない？」

ローズマリーやアルカリオンには、五年前にアガーラムの王都で起こったことをすでに話している。

父が亡くなり、ヘクトンに王位を奪われ、本来は惨《むご》たらしく処刑されるところを元婚約者のお陰で最前線送りで済んだ。

それから五年間を最前線で過ごし、ローズマリーと出会った。

という旨の話をアルカリオンにした時、彼女はいつもと同じ無表情だったが、謎の迫力があって少し怖かった。

とまあ、雑談雑考はここまでにしておいて。

「早速入ろっと‼」

俺は脱衣場で服を脱ぎ、早速お風呂に入ろうとした。

しかし、ローズマリーに慌てて止められる。

「な、きゅ、急に脱ぎ始めるな‼」

「あ、ごめん。……でももう俺の裸は見てるし、良いじゃん」

「あ、あれは戦場での出来事だろう‼」

ローズマリーと初めて会った時、俺はワイバーンの火炎放射で服を燃やされて真っ裸だった。

息子はローズマリーにご挨拶したと言っても過言ではないので、俺は恥ずかしくも何ともない。

俺が堂々としていると、ローズマリーは諦めたようだ。

「私はすぐに出て行くから、脱ぐのはそれからにしてくれ」

「――その通りです。ここから先は私と坊やの、夫婦のイチャラブ混浴タイムです。ローズマリーは少し外すように」

「「⁉」」

不意にアルカリオンの声が脱衣場に響いた。俺とローズマリーは同時に辺りを見回した。

しかし、アルカリオンの姿はどこにもない。

「い、今、アルカリオンの声、聞こえたよね？」

「あ、ああ。たしかに母上の声だった」

「上ですよ」

「「上？」」

俺とローズマリーは上を見た。

アルカリオンがいた。

天井の一部が蓋のように外れており、天井裏からこちらを覗《のぞ》いている。

「「……」」

一拍遅れて。

「ぎゃあああああああああっ⁉」

「は、母上⁉　なぜそんな場所に⁉」

あの色々と大きな身体でどうやって天井裏に入ったのか。俺の疑問に答える者はいない。

シュタッと音もなく床に着地するアルカリオン。

お風呂に入る気満々のようで、タオルやら着替《きが》えやらもしっかり準備してある。

さっき宰相の美人ハイエルフさんに連行されたはずだが、まさか脱走してきたのだろうか。

「なぜここにいるのですか⁉　宰相閣下に連れて行かれたはずでは⁉」

「私は完璧で究極の母なので、脱走するくらい余裕です。ぶい」

無表情のままピースするアルカリオンに、すかさずローズマリーのツッコミが炸裂《さくれつ》する。

「堂々とサボりを誇らないでください‼　あと天井裏から現れないでください、怖いので‼」

それはそう。

「流石は我が愛しき娘、見事なツッコミです。しかし、母はこれから坊やとイチャラブ混浴タイムを満喫したいので早急に立ち去るように」

「な⁉　なりません‼　そんな、服を脱いだ男女が二人きりなど‼」

「愛し合う二人であれば問題ありません。坊やもそう思うでしょう？」

俺は大きく息を吸い、その問いに満面の笑みで答えた。

「――はい‼」

「レイシェル‼　お前はなぜ笑顔で頷いているのだ‼　もう少し躊躇《ため》え‼　くっ、こうなったら私も一緒に入るぞ‼　二人がやましいことをしないか、監視させてもらう‼」

ん？　あれ？

なんか分からないけど、ローズマリーとアルカリオン、俺の三人でお風呂に入る流れになっちゃった。

え、最高じゃん‼

でも、混浴なんていいのか⁉　そんな幸せなことがあっていいのか⁉

たしかに、お風呂の入り方の一つに、古来より混浴というものがある。

男女が同じ空間で同じ湯に浸かり、互いの仲を深め合うことができる素晴らしい文化だ。

しかし、混浴など所詮は名ばかりのもの。

下心と淡い期待を胸に抱いて混浴に向かった青少年が見るのはなぜかオッサンか、良くてオバチャンである。

でも‼　今‼　俺は‼

「……ここが天国か」

「お、おい、レイシェル。あまり見ないでくれ」

頬を赤らめて言うローズマリー。

「私はもっと見ていただいても構いませんよ、坊や。人に見せて恥じる体形はしておりませんので」

堂々と胸を張るアルカリオン。

「母上、それだと私が人に見られて恥ずかしい体形をしているみたいではありませんか‼」

「ならば堂々とすることです、ローズマリー」

俺の目の前には絶世の美女が二人いる。

タオルを巻いて隠してはいるが、その大きなおっぱいの存在感は隠せない。

破壊力が半端ない。

一歩歩く度に「どたぷんっ♡」と激しく揺れる二人のおっぱいは、どちらも見ていて非常に眼福であった。

ローズマリーは日々訓練で身体を鍛えているのだろう。

引き締まった印象を受ける身体だ。

対するアルカリオンは天然ものだと思われる。

元からそういう体形をしており、生まれながら完成している身体。美の完成形とでも言うべきか。

鍛え上げた美と、完全無欠の美。

どちらが優れているとか、そういうことはない。どちらも素晴らしく、尊ぶべきものだ。

「ありがたやありがたや」

「ええい、見るな‼　拝むな‼　崇《あが》めるな‼　さっさと風呂に入るぞ‼」

「あ、待った待った。湯に沈むのは身体を洗って汗を流してからだよ」

「む。そ、そうだな。先に身体を洗わないと湯が汚れて後に入る者に迷惑か」

そういうわけで、各々でシャワーを浴びることになった。

数十人が入れるであろう巨大な浴槽の隣には、仕切りで隔てられた小さなシャワールー

ムがいくつもある。

後で知ったことだが、このお風呂は帝城に住み込みで働いている騎士や兵士、侍女たちに開放する予定らしい。

もし彼らに好評だった場合、もっと大人数が利用できるよう更に大きなお風呂を作る計画もあるのだとか。

いくらお風呂に日々の疲れを癒やす効果があると言っても、シャワーで十分という考え方が当たり前の中、俺の意見一つで浴場をポンポン作るとは……。

アルカリオンの決断力と、お風呂をすぐに作れてしまう帝国の技術力は本当に凄いと思う。

「言っておくが、覗くなよ？」

「ギクッ。の、覗かないよ⁉」

こっそり見るくらいならいいかなーとか、少ししか思ってたりしない。

俺はローズマリーの警告に視線を泳がせながら、誤魔化すように急いでシャワールームに入った。

ローズマリーが入ったシャワールームの隣だ。

シャワールームの中に入ると、一枚の大きな鏡があった。

アガーラム王国にも鏡はあったが、ガラスを作る技術が未熟で、お世辞にも質の良いものとは言えなかった。

しかし、帝国の鏡は綺麗に俺の姿を映し出している。

「……まじで五年前と変わってねーな、俺」

俺は鏡の中に映る自分の姿を見て思わず呟いた。

父譲りの灰色の髪は結う必要があるくらいには伸びているし、戦場を駆け巡っていたせいか細身ながらも少し筋肉がある。

でも、身長はそのままで顔付きも全く変わらない。

五年前からちっとも成長していないのだ。

悲しい。

もう少し、ほんのちょっとだけでも良いから身長が伸びないものだろうか。

「……それにしても、こうして改めて見ると俺って結構な美少年だよな」

母譲りの俺の顔立ちは非常に整っている。

少し化粧をしてレディースの服を着たら、女性と言っても分からないのではなかろうか。

「この容姿ならアルカリオンやローズマリーが俺に惚《ほ》れちまうのもおかしくないよな、うんうん」

「私が坊やを愛しているのは、容姿だけが理由ではありませんよ」

「え？」

声がしたので振り向いたら、何故かアルカリオンがいた。

「え？　ちょ、もう一回言わせて。え？　な、なんで――むぐっ」

アルカリオンが俺の唇に人差し指を当てて声を封じられる。

「私は坊やの全てが愛おしい。顔も、髪も、声も、瞳も、匂いも、心も、何もかもが愛おしい」

「お、おうふ」

なんか照れる。

ここまではっきり好意を示されると、逆にこちらが恥ずかしくなってきた。

と、そこでアルカリオンが自らの身体に巻いていたタオルを脱ごうとして、俺はめちゃくちゃ焦る。

「ちょ⁉　な、何してんだ⁉」

「静かに。騒いだらローズマリーに見つかってしまいますよ。それに何をと言われても、せっかくなので坊やと身体を洗いっこしたいだけですが」

「⁉」

「相手と親しくなるために背を流し合うという文化がお風呂ではあるのでしょう？」

「……あっ」

たしかにお風呂を作ってほしいと頼む際、言ったような気がする。

裸の付き合いは友情を深める行為だ、みたいな。

「い、いや、アルカリオン。たしかに言ったけど、それは男同士の話で……」

「やましいことは何もしません。私はただ坊やと絆を深めたいのです。……坊やが、レイシェルが嫌なら諦めますが」

相変わらず無表情だが、どこかしょんぼりした様子で言うアルカリオン。

そんなこと言われたら断れない。

いいや、むしろ女の人にそこまで言わせておいて断る方が良くないことのような気がしてきた。

「是非、お願いします‼」

これはアルカリオンの誘《さそ》いを断って悲しませないための行動だ。

決して俺が女神のような絶世の美女に背中を流してもらいたいからとか、そういう下心から了承したわけではない。

ないったらないのだ。

俺は期待を胸にアルカリオンへ背を向けて、身体を洗ってもらうことにした。

アルカリオンが石鹸を取り出し、それを泡立て始める。

「では、行きますよ」

むにゅん。

「ほあ⁉」

人肌のように温かくて柔らかい何かが、俺の背中に優しく押し当てられた。

むにゅむにゅ。ぶるんぶるん。どたぷん。

スポンジやタオルではない。

すべすべで肌触りの良いものが、俺の背中を擦ってきたのだ。

こ、これは……ッ‼

いや、待て待て。まだ慌てる時間じゃない。ここは冷静になる時だ。落ち着くのだ、レイシェル‼

俺にはアルカリオンが何を使って背中を擦っているのか分からない。

背中に目は付いていないからな。

だが‼ 俺の目の前には鏡がある‼ アルカリオンが何を使って俺の背中を洗っているのか、見ることができる‼

「……曇ってる……」

シャワールームの大きな鏡は見事に曇っていた。

辛うじて俺のシルエットが見える程度で、その更に後ろにいるアルカリオンの姿が分からない。

「すぅー、はぁー」

落ち着け。

考えるな、感じろ。

視覚に頼るな、五感全てを使え。把握しろ。

ぶるんっ。どたぷんっ。むにゅむにゅ。

……ごくり。

ああ、分かる。分かってしまったぞ。視覚から情報を得ずとも、男の直感で理解してしまう。

「あ、あああああの、アルカリオンさん⁉」

「何か気になることでも？」

「その、随分と柔らかいものが俺の背中を擦っているようですが……」

「これが何か気になりますか？」

「とても気になります」

気にならないわけがない‼

しかし、振り向いてアルカリオンを見るまで正解は分からない。

俺の予想とは違っているかもしれない。逆に合っているかもしれない。

結果はまさしく表裏一体。

こういう状態をシュレディンガーの猫と言うのだろうか。

アルカリオンがそっと俺の耳に囁《ささや》きかけてくる。

「では自分の目で確かめてみてください」

「――はい‼」

俺は期待を胸に勢いよく振り向いた。

「……それは……」

「スライムスポンジです」

スライム。

食べても良し。干して加工してゴムのように使うも良し。スポンジのように扱っても良しな、この世界の万能素材。

俺は膝から崩れ落ちる。

「スライム、だったのか」

予想と違った。

いや、これは期待した俺が悪い。そうだよな、おっぱいなわけがないよな。

何故か精神的なダメージを負った俺に対し、アルカリオンが話しかけてくる。

「ちなみにこのスライムスポンジは、私のおっぱいと同じ柔らかさです」

「……貸して」

「どうぞ」

俺はアルカリオンから受け取ったスライムスポンジを揉みしだき、その柔らかさを堪能する。

柔らかい。水みたいにぷるぷるだ。一生触っていたい。

「では、続けて背中を洗いますね」

「あ、はい」

むにゅ。むにゅむにゅ。ぷるるん。

こんな気持ちいい感触、誰だっておっぱいだと思うじゃん。スライムだとは思わないじゃん。

「……ん？」

待てよ？

アルカリオンが使っていたスライムスポンジは、今は俺の手元にある。

そして、さっき振り向いた時に見た限りでは、アルカリオンはその手に何も持っていなかった。

それなら今、俺の背中を洗っているものは一体何なのか。

「ア、アルカリオンさん。もう一回、振り向いてもいいですかね？」

「坊やのお好きなように」

俺は勢いよく振り向いた。

しかし、その途端に俺の視界は真っ暗になってしまう。

原因はすぐに察した。

勢いよく振り向きすぎたせいで、その柔らかいものに顔を埋めてしまったのだ。

何も見えない。しかし、ほのかに甘い匂いがする。

俺が慌てて距離を取り、その柔らかいものの正体を知ろうとすると――。

「坊やは甘えん坊ですね」

アルカリオンは俺を逃がすまいと、ギュッと抱き締めてきたのだ。

何も見えないが、感じる。

俺は今、母なる大地に――アルカリオンの大きなおっぱいにその身を任せているのだと瞬時に理解した。

「よしよし。いい子いい子、です」

まるで母が子をあやすように、俺の頭を優しく撫でるアルカリオン。

ああ、幸福と興奮で頭がどうにかなりそうだ。

もういっそ「ママ‼」と甘えたい。

「坊やなら、いいですよ」

「え？」

「私は坊やの妻ですが、坊やのママになることも吝《やぶさ》かではありません」

その言葉で俺の理性は崩壊した。本能が剝《む》き出《だ》しになる。

……そう、か。

俺のママはここにいたのか。

「アルカリオン‼　いや、ママ‼」

「はい、ママですよ」

俺は自分からアルカリオンに抱き着いて、思うがままに叫ぶ。

「好きだ‼　愛してる‼　俺と付き合ってくれ‼　それから結婚してくれ‼　子供も沢山産んでくれ‼」

アルカリオンは即答した。

「はい、いいですよ。私も坊やを愛しています。お付き合いも、結婚も、坊やが望むことは全て叶《かな》えましょう。坊やとの子供も、沢山産みます。そして、今から私は坊やの妻であり、ママ。好きなだけ甘えなさい」

それは慈愛に満ちた声だった。

俺は嬉しさのあまりに脳汁がドバドバ溢《あふ》れ、限界突破し、レイシェルジュニアが暴走してしまう。

「……おや。可愛らしい容姿に反し、坊やの坊やは凶悪なのですね」

「はあ、はあ、アルカリオン‼　ママ‼」

「ママはどこにも逃げませんよ。さあ、いらっしゃい」

俺とアルカリオンがシャワールームの中で愛を確かめ合おうとした、まさにその時だった。

隣のシャワールームから出てきたローズマリーが、俺とアルカリオンのいるシャワールームの中を覗いてきたのだ。

「レイシェル、何か大きな声が聞こえてきたが、大……丈、夫……」

「「あっ」」

俺とアルカリオンの声が重なる。

「な、ななな、なっ」

「ま、待って、ローズマリー。これは、その」

「ローズマリー、今から母は坊やと『ばぶらぶママプレイ』をします。邪魔はしないように」

「ちょ、アルカリオン!?」

今まさに俺と一つになろうとしていたことを淡々と話すアルカリオン。

ローズマリーは絶叫した。

「何をしてるのですかああああああああああああああああああああああああああああああああああッ！！！」

その咆哮《ほうこう》は空気を振動させ、全ての鏡を割った。

シャワーも故障してしまったようで、黒い煙と一緒に大量の熱湯が溢れてくる。

な、なんだ今の⁉

「ふむ。竜の咆哮、ドラゴンロアですか。流石は私の血を色濃く受け継ぐ娘。日頃の鍛練もあり、竜の力に少なからず目覚めたようですね」

「え⁉ 何を感心してんの⁉」

ローズマリーの眼は真紅色に輝いており、凄まじい覇気を感じる。

空気がいくらか重くなったような気がして、押し潰されそうだ。まともに呼吸することもままならない。

「ローズマリー」

俺とは違って平然としている様子のアルカリオンが、静かにローズマリーの名前を呼んだ。

その声には聴いた者を落ち着かせるような、不思議な力が宿っていた。

「貴女が竜の力に目覚めたことは喜ばしいですが、坊やには刺激が強いようです。少し抑えてごらんなさい」

「っ、すぅー、ふぅー」

ローズマリーは興奮状態ながらアルカリオンの言葉に従い、急速にその覇気の高まりを収めていく。

眼の輝きも消えており、落ち着いたようだった。

「……すまない、レイシェル。怖がらせたな」

「い、いや、それは大丈夫だけど」

「……」

「……」

な、何だろう。すっごい気まずい‼

しかし、そんな気まずい空気をものともしない大物がすぐ傍にいた。

「坊や、ローズマリー。浴槽に沈みましょう」

アルカリオンの一言で、俺とローズマリーは微妙な空気のまま、三人で浴槽に肩まで浸かるのであった。

そして、朗報がある。

アルカリオンのおっぱいもローズマリーのおっぱいも、お湯に浮いていた。とても凄かった。

ああ、ローズマリーの咆哮で壊れてしまったシャワーは修理することになったので、俺は手伝いを申し出た。

俺の『完全再生』は物にも使えるからな。役に立つかもしれない。

と言っても、物の修復は人体とはまた勝手が違うので一発では直せない。複雑な構造をしている魔導具は、部品を一つ一つ直す必要がある。

頑張ろう。

◇

「おのれおのれおのれおのれおのれおのれおのれおのれおのれおのれおのれおのれっ！！！！」

軍務卿ゲースは帝都の一角にある自宅の屋敷に帰るや否や、物に当たり散らした。

使用人たちは触らぬ神に祟《たた》りなしと言わんばかりにゲースから距離を取り、また使用人たちのそんな態度が更にゲースを苛立《いらだ》たせる。

「ふぅー、ふぅー、あの小娘め‼　帝位継承権も持たぬ身で、この儂《わし》に逆らいおって‼」

脳裏に浮かぶのは真っ赤な髪の美女。

何度その身体を蹂躙《じゅうりん》し、徹底的に嬲《なぶ》り尽《つ》くしてやろうと思ったことか。

ゲースのゲースが昂《たかぶ》る。

ゲースは適当な見目の良いメイドを連れてくるよう執事長に命令し、どっかりと自室の椅子に座った。

「荒れてるね、ゲース君」

「!?」

ゲースの知らない声だった。

声がした方を振り向いたゲースの目に、漆黒の外套《がいとう》で身体をすっぽりと覆った人物が映る。

声からして少女だろう。ゲースは声を荒らげる。

「だ、誰だ、貴様は!?」

「まあまあ、そんなに警戒しないでよ。ボクは君の敵じゃない。むしろ味方なんだからさ」

胡散臭《うさんくさ》いその少女の台詞に、ゲースはよりいっそう警戒心を強める。

「うーん。まあ、警戒するなって方が無理か。じゃあちゃちゃっと本題に入っちゃおう」

「な、何を……」

「君、軍事費からとんでもない金額を横領してるよね?」

「!? ど、どこでそれを!?」

ゲースはギョッとした。

「でもあの女が急にアガーラム王国との戦争をやめたせいで、軍事費をちょろまかせなくなった。君の懐は寂しくなるんじゃないかなあ?」

「……」

「はっはっはっ、驚いたかい？　ボクには全てお見通しなのさ。てことでさ、ボクと取り引きしない？」

「……言ってみろ」

ゲースは目の前の少女を未だ警戒している。

しかし、少なくとも取引という言葉を使った以上、ゲース自身にも利のある内容だと判断した。

「簡単だよ。理由は言えないけど、ボクはもっと長く帝国に戦争をしていてほしい。君は戦争を利用して私腹を肥やしたい。利害は一致しているよね？」

「……そうだな」

「なら、戦争を続ける理由をあのムカつく女帝に作ってあげようよ。あの女もアガーラム王国に大切なものを奪われたと思ったら、きっと王国を滅ぼすまで止まらない」

ゲースは逡巡《しゅんじゅん》する。

「何故、儂なのだ」

「別に深い理由はないよ？　前に暗殺者を送り込んだ時に協力してもらった人が処分されちゃってさ。だから軍事費を横領してる君に新しい協力者になってもらおうと思ってね」

「⁉　……女帝陛下の暗殺を企てたのは、貴様なのか？」

「そうだよ。当たったら即死するはずの死の呪いを宿した短剣で刺されたのに生きてるから驚いたよ」

女帝アルカリオンの暗殺を企てた犯人が目の前にいる。

ここでこの少女を捕まえたら、それなりの名声を得られるだろう。しかし、ゲースは名よりも金を欲する男だった。

「具体的な作戦はあるのか？」

「お？　乗り気だね。話を進めやすくて助かるよ」

少女はあっけらかんと言う。

「レイシェル・フォン・アガーラムを拉致して殺そう。で、王国の人間がやったように偽装する。刺客はボクが用意するし、君は刺客の手引きだけ頼むよ。大丈夫、ボクの作戦通りにやれば上手く行くからさ」

ゲースは笑う。

敵国の王子一人を殺すだけで楽に儲《もう》けることができるのだ。

と、そこでゲースは更に欲を出す。

（この際だ。帝国に要らないゴミもまとめて掃除してしまおう）

ゲースの頭の中に思い浮かぶのは二人の皇女。

ゲースと得体の知れない少女の密談は深夜まで続くのであった。

第三章　捨てられ王子と第七皇女

魔導具とは。

……説明したいところだが、残念ながら俺にはさっぱり分からん。

ただ分かるのは、魔法のように相応の知識がなくとも魔力を流すだけで使える便利な代物ということだ。

風呂場にあったシャワーも魔導具だったりする。

ローズマリーが竜の力とやらに目覚めた結果、全て壊れてしまったが……。

今日は故障したシャワーを修理するため、ローズマリーが強力な助っ人《すけっと》を連れてきたらしい。

「レイシェル、こちらが――」

「ぬーはっはっはっ!!　某、自己紹介は自分でする派ですぞ!!　某の名はイェローナ!!　帝国魔導開発局局長のイェローナですぞー!!」

作業着を着た、八重歯をキラリと輝かせる女性だった。

檸檬《レモン》色の髪に緑色のメッシュが入っており、その表情は口元以外は長い前髪に隠れていて窺《うかが》えない。

あれで前が見えているのだろうか。

背丈は俺とあまり変わらないが、向こうの方が数センチは高そうである。

「レイシェルです。よろしくお願いします」

「噂《うわさ》には聞いておりますぞー‼　女帝と皇女を同時に完堕《かんお》ちさせた稀代《きたい》のゲスヤリチンと‼」

「おい誰だ、その噂流した奴《やつ》‼　俺まだ童貞だよ‼　まだヤッてないよ‼」

「……まだ……」

「ちょ、ローズマリー⁉　言葉のあやだから‼　反応しないで‼　で、まじでその噂流した奴誰⁉」

「国営治療院で働いているアガーラム出身の治癒師一行が言ってましたぞ」

なるほど。つまりは俺の部下たち、ダンカンたちのうちの誰かか。

アイツら、今度遊びに来たら全員爪先を踵《かかと》でぐりぐりしてやる。

「じゃあ早速、ローズマリーがぶっ壊したシャワーを修理しますぞー‼」

「うっ、よ、よろしくお願いします」

申し訳なさそうに頭を下げるローズマリーをガン無視し、工具を両手に持って壊れたシャワーを弄《いじ》り始めたイェローナ。

仮にも自国の皇女を呼び捨てでガン無視ってどうなのよ。

俺の部下たちですら辛《かろ》うじて『殿下』って呼んでくれるのに。

ちょっと不安になったので、ローズマリーにこっそり耳打ちする。

「ローズマリー、あの人大丈夫?」

「ま、まあ、魔導具に関してはエキスパートだ。そこは信じて良い」

ローズマリーがそう言うなら信じるが、やっぱり不安が過るなあ。

「レイシェル。私は竜騎士団の訓練があるから行くが、怪我《けが》だけはしないように気をつけるんだぞ」

「あ、うん。ローズマリーも訓練頑張って。怪我したら俺が治すから、すぐ言ってくれ」

「ああ。フフッ、レイシェルのお陰で怪我を恐れる必要がなくなったからな。部下たちから訓練がいっそう厳しくなったと恨まれているぞ、私もお前も」

「うえ」

微笑《ほほえ》むローズマリーに釣られて、俺も自然と笑ってしまう。

ローズマリーが浴場を出て行った後、俺たちのやり取りを見ていたらしいイェローナが一言。

「お前ら結婚しやがれ!! ですぞ!!」

「え、いきなり何です？」

「いやあ、レイシェル氏とローズマリーがあまりにイチャイチャした空気だったので言ってみただけですぞ。あ、この部品とこの部品の修復を頼みますぞ」

「あ、はい」

俺はイェローナから細かい部品を受け取り、『完全再生』で修復する。

イェローナは『完全再生』のことをすでに聞いているようで、「部品を一から作り直す必要がないのは便利ですなー」と羨ましそうに言った。

「レンチ」

「はい」

「ドライバー」

「はい」

「ハンマー」

「はい」

作業に没頭しているイェローナが工具の名前を口にしたら、それを渡す。

俺には魔導具の専門知識がないため、部品を元の形に直す以外ではシャワーの修復を手伝うことができない。

ただ工具を手渡すだけの役割に徹すること十数分、一つ目のシャワーの修復が完了した。

「いやー、作業がサクサク進みますなー。やっぱり助手がいると楽ですぞ」

「部品の復元以外は大して役に立ってない気がしますけどね」

「そんなことないですぞ。レイシェル氏が工具を渡してくれるだけで効率が上がりますからな。細かい一つ一つの行動が効率アップに繋《つな》がるのですぞ」

イエローナがあっけらかんと言う。

「それにしても、やけにじめじめしますなー」

「たしかに湿気が多いですね」

今は浴槽にお湯こそ張っていないが、換気不足のせいか湿気がある。

もっとしっかり換気しないとカビが繁殖するかもしれないな……。アルカリオンに換気扇の設置でも提案してみようか。

「なんか暑くなってきましたな」

そりゃそうだろうなあ。

イエローナの着てる服には結構な厚みがあった。

絶対に暑い格好をしているのだ。むしろ暑くならないわけがない。

と、そこでイエローナがまさかの行動に出る。

「ちょっと脱ぎますぞ」

「ちょ!?」

急に作業着を脱ごうとするイェローナ。

俺は咄嗟《とつさ》に目を逸《そ》らした。すると、イェローナはやれやれと肩を竦《すく》める。

「脱ぐのは上着だけなので安心するのですぞ」

「あ、そ、そうですか」

「ぬふふふふ。レイシェル氏はドスケベですなー」

イェローナがニヤニヤと笑った。

表情は前髪で見えないが、口元がニヤニヤしてるから分かった。

俺は若干イラッとしながら、視線を逸らすのをやめて——絶句した。

「おうふ」

たしかにイェローナが脱いだのは上着だけで、下に着ているタンクトップのシャツはそのままだった。

しかし、俺は改めて見てしまったのだ。

イェローナが抱えている二つの柔らかい凶器を。

上着を脱ぐ前は意識していなかったが、汗でシャツが肌に張り付いていて、大きさが強調されているおっぱいが目の前にあった。

もう爆弾だと思う。

むわっとした汗の匂いも野郎の心臓には非常に悪い。

下手したら裸よりもタチが悪い格好だ。

しかし、そこはまだ問題ではない。問題ではないのだ。

「ノーブラ、だと⁉」

俺はイェローナに聞こえないよう、声を漏らした。

多分、というかほぼ確実にイェローナはシャツの下に何も装備していない。

その形を見てはっきり分かった。

二つの丘の天辺《てっぺん》に一つずつ塔がそびえ立っており、それがシャツの上からでも分かってしまったのだ。

「さーて、作業を再開しますぞー。やや？　そんな前屈《まえかが》みになってどうしたのですかな、レイシェル氏？」

「な、なんでもないです‼」

首を傾《かし》げるイェローナ。

たったそれだけの動作で「ぶるんっ♡」と揺れる大きなおっぱい。
ダ、ダメだ。
このままだとまずい。集中を乱すな。無心を心がけるのだ。そうしないとジュニアが反応してしまう。

「あ、レイシェル氏。そこの部品を下から支えていてほしいですぞ。もう少し下……そう

「そう、そこですぞ」

「……」

「レイシェル氏？　どうしたのですかな？」

「……あの」

　俺は屈みながら大きな部品を下から持ち上げ、その俺の上から工具を使って部材で部品を固定しようとするイェローナ。

　すると、あら不思議。

　イェローナの大きなおっぱいが、俺の頭の上に乗ってしまったではないか。

　なんという質量。圧倒的な重量感。そして、柔らかさ‼

「あの、イェローナさん。乗ってます。俺の頭の上に、その、大きなものが」

「？」

　最初は俺が何を指摘しているのか分からなかったのだろう。

　しかし、イェローナはすぐに意味を理解してニヤニヤと楽しそうに笑った。

「おおー、道理で肩が楽なわけですなー」

　恥じらう様子はなかった。

　むしろ更に楽をしようと俺に体重を預け、頭への重量感が増す。

　イェローナの汗の匂いは不思議と不快ではなく、妙《みょう》な興奮を俺にもたらした。

ヤバイ。

このままではジュニアがハッスルしていることがバレてしまう。

「イェローナさん、休憩にしましょう‼」

「んん？　今しがた作業を再開したばかりですぞ？」

「あの、本当に。まじでお願いします」

「？　まあ、レイシェル氏がそう言うなら、もう少し休憩しますかな」

作業再開を中断して、一度イェローナから距離を取る。

今のイェローナは近くにいたら危険だ。匂いを嗅ぐだけでジュニアが反応してしまう可能性がある。

「それにしても、レイシェル氏は話しやすいですなー。口下手《くちべた》な妹が好意を寄せる理由が分かりましたぞ」

「……？」

イェローナの妹だって？

帝国に来てから出会った人にイェローナの妹がいたのだろうか。

しかし、俺が帝国で知り合った女性は限りなく少ない。

ローズマリーやアルカリオン、あとは竜騎士団でローズマリーの副官を務めているリア。

それから宰相の美人ハイエルフさんくらいだ。

イェローナの言っている妹が誰のことか分からず、俺は首を傾げる。

分からないことは素直に聞こう。

「妹って誰ですか？」

「やや？　言っておりませんでしたかな？　ローズマリーですぞ」

俺の問いにイェローナはさらっと言った。

「あー」

そうか、妹ってローズマリーのことか。

道理でローズマリーのことを呼び捨てにするわけだな。姉妹なら呼び捨てでも何らおかしくない。

……一拍遅れて。

「妹ぉ⁉」

「うおっ、ビックリしましたぞ」

俺は思わず転びそうになってしまった。

え？　え？　ちょ、ローズマリーがイェローナの妹だって？

ということは……。

「イェローナさんって、皇族ですか⁉」

「ですぞ」

イェローナがぐっと親指を立てる。

まじか。まじの皇族か。全然そんな風に見えないんだけど‼

いやまあ、王族らしくないのは俺もなんだけどね⁉

「まったく、ローズマリーも気を利かせて説明しておいてほしかったですな‼」

「いや、あの、ローズマリーが紹介しようとしたらイェローナさんが遮って自己紹介しましたし……」

「ぬーはっはっはっ‼　そう言えばそうでしたな‼　すっかり忘れておりましたぞ‼」

イェローナは高笑いしながら、改めて自らの名を名乗った。

その動きは流麗で、洗練されており、とても美しかった。

一目見て確信する。

あ、この人マジモンの皇族――お姫様だわ。

「某、第五皇女のイェローナと申しますぞ‼　まあ、皇女の肩書きは名ばかりですがな。某は魔導の発展に生涯を捧《ささ》げた身。変に畏《かしこ》まる必要はないですぞ」

「い、いやあ、流石《さすが》に驚きますって」

まさかイェローナがローズマリーの姉だったとは思いもしなかった。

というか、あんまり似ていない。

ローズマリーの高い身長と比べてイェローナの身長が平均的なのも、そう感じる理由だろうか。

「むむ？　あまり似てないと思いましたかな？」

「ギクッ。は、はい」

「ま、当然ですな。ローズマリーは母様似で、某は父様似。ましてや父親が違いますからな。余計に似ていないはずですぞ」

「そ、そうですか」

そう言えば以前、アルカリオンが「夫は七人いた」みたいなことを言ってた気がする。

イェローナはそのうちの一人の娘なのか。

「ちなみに某の身長が低いのは父がドワーフだったからですぞ。母様の血と良い感じに混ざって人間の成人女性並みの身長になりましたな」

ドワーフ。

恐ろしく手先が器用な人種で、寿命が人間の倍以上ある長命種だ。

ドワーフの男性は決まって樽《たる》のような体形になるらしく、成長しても人間の成人男性の腰くらいの高さで身長の伸びが止まると聞いたことがある。

対する女性のドワーフは成人しても小柄な子供に見えるそうで、おっぱいがデカイとのこと。

いわゆるロリ巨乳って奴だな。

……イェローナのおっぱいが大きいのはドワーフの血を引いているからか。

いや、アルカリオンもおっぱいデカイし、どちらの親の血が影響しているかは分からないな……。

俺がイェローナのおっぱいについて考え事をしていると、イェローナは嬉々《きき》として『父』について語り始めた。

「某の父は魔導具の第一人者でしてな。帝国中を走っている魔導列車も父が構想と設計を担ったのですぞ。形にしたのは某ですがな‼」

「そうなんですか？　……凄《すご》いですね」

イェローナの父、つまりはアルカリオンの元夫。

俺に好意を抱いてくれているアルカリオンが、かつて愛していた男。

そんな男の話をあまり聞きたくないと思ってしまったのは、俺が狭量な人間だからだろうか。

……そうだろうなあ。

このままだとちょっと自己嫌悪に陥りそうなので、少し話題を逸らそう。

「イェローナさんの手先が器用な理由が分かりましたよ。まさかお父上がドワーフとは」

「半分だけですがな‼　ぬははは‼」

手先の器用さを褒められて嬉しいのか、イェローナはニヤニヤと笑う。

「いやはや、照れますなあ。まあ、某？　天才であるからして？　魔導具作りに関しては帝国ナンバーワンを自負しておりますぞ‼」

その時、俺はふと疑問を抱いた。

イェローナが魔導具に熱心なのはドワーフの父の影響を受けているからなのかな、と。

ドワーフは人生を賭《と》して何か一つの物作りを極めると言う。それは人間がご飯を食べないと生きていけないのと同じ、生きるための欲求らしい。

イェローナはドワーフの血を色濃く受け継いでいるから、魔導具に夢中なのかもしれない。

……と思ったけど、違うか。

「イェローナさんは魔導具が好きなんですか？」

「我が人生ですな」

ハッキリ断言するイェローナ。

ああ、やっぱり血とか父親の影響とか関係なさそうだ。目がマジだ。前髪で隠れてるけど、何となく分かる。

こりゃ完全に天然物だな。

だからだろうか、俺はイェローナにいくつかの物を作ってほしくなった。

「あの、イェローナさん。実は折り入って相談がありまして」

「なんですかな？」

俺は今までずっと欲しかったけど、手に入らなかったものをイェローナに作ってほしいとお願いしてみた。

それはまだこの世界に存在しないもの。

技術力では他国を圧倒している帝国にすら存在しない代物を、俺は事細かに話した。

「――って感じのものなんですけど。作れそうですか？」

「……」

俺の話を聞き終わったイェローナは無言だった。

いや、俺の耳では内容を聞き取れないが、小さな声でぶつぶつと呟《つぶや》いている。

しばらくするとイェローナは不意に顔を上げて、俺の肩をガシッと摑《つか》み、ずいっと顔を近づけてきた。

「何ですかなそれ⁉　めちゃくちゃ面白そうですな⁉」

イェローナが鼻息を荒くしている。

「ってことは引き受けてくれたり……？」

「モチのロンですぞ‼　仕組み自体はそう複雑ではなさそうですからな、某が一週間で完成させてやりますぞ‼　……問題は母様にお願いして、お小遣い改め予算が下りるかどうかですな……」

と、そこでイェローナが俺を見てハッとする。

「は⁉ ゲスヤリチンなレイシェル氏の名前を出せば、完堕ちしてる母様ならあっさりオーケーして予算を出してくれるのでは⁉」

「おいコラ‼ 誰がゲスヤリチンで誰を完堕ちさせてるだ‼ ……いや、完堕ちは間違ってないのか？」

「す、素晴らしい作戦ですぞ‼ こうしてはいられないですな‼ 早速工房に籠《こ》もりますぞ‼」

「え？ あ、ちょ、シャワーの修理はどうするんです⁉」

「そんなものは後回しですぞ‼ 魔導が某を呼んでいるのですぞー‼」

そう言って勢い良く立ち上がり、走り出そうとしたイェローナ。

その次の瞬間。

「のわあ⁉」

「あ、危ない‼」

イェローナは足が痺《しび》れていたようで、勢いよく躓《つまず》いてしまった。

俺は咄嗟にイェローナを支えようと手を伸ばす。

その甲斐《かい》もあり、どうにかイェローナが直接、風呂場の床と衝突してしまうことは防ぐことができた。

しかし、代わりに俺はイェローナに押し倒される形で下敷きになってしまう。

「あいたたた……。助かりましたぞ、お怪我はありませんかな？」

「……柔らかさの爆弾で死ぬかと思いました」

「？」

イェローナの下敷きになった俺は、その大きなおっぱいに顔面を押し潰されていた。

痛みはない。柔らかいから。

汗ばんで蒸れ蒸れのおっぱいを顔面で感じ取り、ジュニアが反応してしまう。

それはちょうどイェローナの股ぐらをぐいぐいと押し上げ、その存在を主張していた。

「む、こ、これは……」

「すみません。ホントにごめんなさい」

絶対に軽蔑される。終わった。

気持ち悪がられる前にせめてもの謝罪をしたら、イェローナは意外にも優しい声音で俺を慰めてきた。

「い、いやいや、レイシェル氏も男の子ですからな。ここまで密着したら反応するのも仕方ないですぞ。……そ、某のような女で反応するのは、少し意外でしたがな」

そりゃあこの爆乳に顔面を押し潰されたら反応するだろうよ。

そう思ってイェローナの顔を見ると、琥珀色《こはくいろ》の瞳と俺の視線が交差した。

前髪に隠されていた素顔が、露《あらわ》になったらしい。

イェローナの顔立ちは、思わず息を飲むほど美しかった。

ローズマリーやアルカリオンにも引けを取らない、絶世の美貌である。

「おうふ。めっちゃ、綺麗《きれい》……」

「……ほえ？」

俺の呟きに対し、イェローナは硬直した。

そして、バッと俺から距離を取って顔を前髪で隠した。

「み、見ましたかな⁉」

「あ、はい。めちゃくちゃ綺麗でした」

「き、きれ⁉　そ、そういう冗談はやめてほしいですぞ‼」

「いや、冗談じゃないです」

本当に冗談ではない。見惚《みと》れてしまった。

「なんで前髪で顔を隠してるんですか？　そんなに綺麗なのに」

「……皆、何故《なぜ》か某の顔をじろじろと見つめるのですぞ。その視線が、ちょっぴり怖いのですぞ。きっと某が不細工だから笑っているのですぞ」

「そっちこそ冗談じゃないですよね？」

「？」

……冗談じゃなさそうだな。

「えーと、ですね。イェローナさん、皆がイェローナさんの顔を見るのは貴女が超絶美少女だからだと思いますよ」

「⁉」

しかも爆乳だ。

ちょっと言動が失礼なところに目を瞑《つぶ》れば満点の美少女である。

「そ、某が、美少女……？」

「はい。俺が今まで見た女性の中でもトップクラスの顔立ちでした」

「…………………ぞ」

「え？　なんです？」

イェローナが何か呟いたが、聞こえなかったので聞き返す。

すると、イェローナは耳まで真っ赤《まか》にして叫んだ。

「そ、某はゲスヤリチンに完堕ちしたりなどしないですぞおおおおーッ‼」

「うおっ、ビックリした」

と、そこで何故かイェローナが反応している俺のジュニアを再び見る。

そして、俺と自分の格好を交互に見つめ、何を思ってか更に顔を赤くし、脱ぎ捨てた上着を着直した。

ああ、汗ばみおっぱいが隠れてしまった……。

「はあ、はあ、はあ」

「……」

叫び疲れて息切れしているイェローナと俺の間に微妙な空気が流れる。

と、ちょうどそのタイミングで竜騎士団の訓練を終えたらしいローズマリーが戻ってきた。

「レイシェル、イェローナ姉上。修理の進捗はどうで――」

ローズマリーが途中で言葉を止める。

客観的に俺とイェローナの今の状態を見てみよう。

俺とイェローナの間には気まずい空気が流れ、息切れしながら顔を赤くして服を着るイェローナ。

きっとローズマリーには、俺たちの間に『ナニ』かあったように見えたのだろう。

「な、何があったのですか!?」

思わずといった様子で問いかけてくるローズマリーに対し、イェローナは短く一言で答える。

「……ゲスヤリチンに危うく完堕ちさせられるところでしたぞ」

「!?」

「ちょ、雑な説明やめて‼」

「ど、どど、どういうことだレイシェル⁉」

「待って‼　説明するから胸ぐら掴まないで‼」

俺はローズマリーに詰め寄られ、誤解が解けるまでそれなりの時間を要した。

◇

浴場誤解事件から数日後。その出来事は突然起こった。

ドンッ‼

ずいっと迫ってくるローズマリーに壁際まで追い詰められ、俺は壁ドンされてしまう。

「はあ、はあ、レイシェル」

「ロ、ローズマリー、さん？」

真剣な面持ちで俺を見下ろすローズマリー。

仄《ほの》かに頬が赤く染まっており、呼吸も乱れていてやたらと色っぽい。

何がどうしてこうなっているのか。いや、原因は分かっている。

俺はつい数分前の出来事を思い出すのであった。

◇

「ご依頼の代物が完成しましたぞー‼」

「おおー‼」

「え、イェローナ姉上⁉」

俺が部屋でローズマリーとお昼ご飯を食べていると、何の知らせもなくイェローナが突撃してきた。

イェローナは大きな長方形の金属製の箱を軽々と肩に担いでおり、それをゆっくり床に置いた。

ゆっくり床に置いたにもかかわらず、ゴンッという音が響く。

箱はかなりの重量があるようだった。

「レイシエル、この箱はなんだ？」

「ふっふーん、これは冷蔵庫‼　食べ物とか飲み物をキンキンに冷やせるアイテムなのさ‼」

「ですぞ‼　あ、レイシェル氏がご要望のジュースを中に入れて冷やしてあるので飲むといいですぞ」

「お、ありがとうございまーす‼」

「ぬふふ。なーに、面白いものを作らせてもらったお礼ですぞ」

俺とイェローナは互いの顔を見てニヤニヤ笑った。

その様子を見ていたローズマリーが、少し不機嫌そうに言う。

「随分とイェローナ姉上と仲が良くなったのだな、レイシェル」

「え？　んー、まあ、冷蔵庫作るに当たって結構話してたし……。な、イェローナさん‼」

俺は同意を求めようとイェローナの肩をポンと叩《たた》いた。

すると、ビクッと身体を震わせるイェローナ。

「さ、さりげないボディータッチ……。そ、某はそんなことで堕ちるようなチョロインではありませんぞ‼」

「え、ちょ」

イェローナがシュバッと機敏な動きで俺から距離を取った。

「本当に、随分と仲が良さそうだな」

じーっとローズマリーが俺を見つめながら言った。

いやまあ、たしかにイェローナに会う度に彼女のおっぱいをチラ見したりはしてたけどさ。

誓ってやましいことは何もしていない。

俺をこの世界に転生させたデカ乳女神様に誓ってもいい。

と、そこでローズマリーが俺から視線を外し、今度は冷蔵庫を見つめる。

「しかし、わざわざものを冷やす魔導具を作ったのか。たしかに冷やした飲み物は美味《うま》いだろうし、食料の保存もできるなら便利かもしれないが……。氷室で十分ではないか？」

「それは金持ちの発想ですな、ローズマリー」

「だなー」

「む？」

イェローナの指摘に俺も頷《うなず》いた。

たしかにキンキンに冷やした飲み物を飲むだけなら氷室で十分だろう。

しかし、氷室は金持ちにしか持てない代物だ。

夏場は氷が馬鹿みたいな値段だし、アガーラム王国では名のある大貴族や一部の豪商しか手に入らないほどだった。

それが冷蔵庫という、そこそこ値は張るが、十数年は使えるであろう代物一つで簡単に冷やせるのだ。

氷室は場所も取るが、冷蔵庫ならコンパクトに収まるのも利点だろう。

「ま、この冷蔵庫も現段階ではかなり高価ではありますがな。これを改良してコストカット&大量生産、平民でも買える金額で販売したら某の懐はぽかぽか、すなわち魔導具の研究費がっぽがっぽですぞ‼」

「……イェローナ姉上。仮にもレイシェルの考えたものなんですから、もう少し自重を……」

「ぬーっはっはっはっ‼　問題ありませんぞ‼　本人から許可は貰《もら》いましたからな‼」

「む？　そうなのか、レイシェル？」

「あ、うん。許可したよ。売り上げの一部は俺に渡すよう契約もした」

「まあ、流石に今すぐ安価で販売できるほど、材料費と開発費は安くなかったですがな。そこは上手《うま》くやりますぞ」

俺はイェローナが提案した流通計画をあらかじめ聞いていたが、それは中々理《り》に適《かな》ったものだった。

まずは高値で冷蔵庫を金持ちに売りつける。

冷蔵庫という存在を認知させてから、平民でも買えるよう構造や材質を変えて少しずつコストカットしていくのだ。

そうすることで、いつかきっと皆がキンキンに冷えたジュースや酒を飲めるようになる。

それって最高じゃない？

という旨をローズマリーに説明すると、彼女は難しい顔で唸《うな》った。

「……ふむ。随分と民衆に気を配るのだな」

「え?」

「普通、そういうものは特権階級の者にだけ売って利益を独占する。製造数を絞り、雇う人数を減らし、その構造や仕組みを秘匿する。そうして作ったものをより高値で売る方がより多くの利益を得られるはずだ」

……言われてみれば、そうだな。

日本じゃ冷蔵庫なんて一家に一台あって当たり前のものだから、あまり意識していなかった。

別に無理に民衆に広めなくても、金持ち連中に売りつけるだけで相当な利益が出るだろう。

一瞬そう考えたが、俺は首を横に振った。

「うーん。嫌かな、それは」

「嫌なのか?」

俺は頷いた。

「こういうのって、多くの人に知られれば知られるほど、より発展するものだと思うからさ」

「ふむ?」

「仮に誰かが冷蔵庫を真似《まね》して作って、利益を出そうとする。でもオリジナルよりも何かの面で秀でてないと、オリジナルでいいやってなって売れない。だから真似をした上で、従来のものより優れたものになるよう工夫を凝らす。技術の進歩ってその繰り返しだと思うから、秘匿しちゃうと発展しにくいと思うんだ」

「道理ですな」

イェローナは俺の意見に同意する。

「技術とは常に進歩するもの。進歩させてしかるべきもの。それを秘匿して進歩を阻害するのは愚の骨頂ですぞ。可能なら帝国に限らず、こういう技術は世界に公開すべきなのですぞ」

でもまあ、それは少し厳しいのが現実だ。

社会情勢とか色々な理由はあるが、一番大きな理由は冷蔵庫を他国で使えないことだろう。

帝国は街中に街灯を設置できるくらい、魔力を街全体に行き渡らせている。

冷蔵庫は魔導具だ。

魔導具を使うには魔力を供給する必要がある。しかし、他国には街全体に魔力を行き渡らせる技術力も財力もない。

冷蔵庫は帝国でしか使用できないのだ。

悩ましいところである。

「まあ、とにかく。冷蔵庫とか便利なものは、広く知られることで巡り巡って、俺のもっと快適な生活に繋がるかもしれない。そう思うと秘匿はちょっとね」

「……ふふっ、ははは!!」

俺の話を聞いていたローズマリーが、突然笑い始めた。

「え、何? 急にどうしたの?」

「ああ、いや、すまない。利己的なのか利他的なのか、よく分からなくて面白いと思ってな」

「どちらかと言うと利己的かな。イエローナに冷蔵庫を作ってもらった一番の理由は、キンキンに冷えたジュースを飲みたいっていう俺のわがままだし」

「ああ、だから笑ってしまった。レイシェルのわがままは、大勢を幸せにする。素晴らしいことだ。さすがは私が惚れた男なだけはある。——あっ」

……いや、ローズマリーが俺に惚れてることは何となく分かってたから、動揺はないけどさ。

そんな風に急にダイレクトアタックされると心臓に悪いわけで。

ましてやローズマリーが顔を真っ赤にして慌ててると、こちらも恥ずかしくなってくるわけで。

「あ、いや、い、今のは違っ」

「あ、ああ、うん。だ、大丈夫大丈夫。分かってるから」

「そ、そうか‼　は、はは、なんだか今日は暑いな‼」

「あー、じゃあイェローナが冷蔵庫で冷やしといてくれたジュース、飲む？　俺のおすすめもあるはずだぞ」

「い、いただこう‼」

俺は冷蔵庫を開けて中のジュース瓶を手に取り、詮を開けてグラスに注いだ。

そのグラスをローズマリーに手渡すと、彼女は一気に飲み干してしまった。

「うむ、冷えていて美味しいな‼　ははは‼」

ローズマリーが誤魔化すように笑った、その時だった。

「ん？　某、そんなジュース冷蔵庫に入れましたかな？」

「え？」

「む？」

なんかイェローナが不穏なことを言った。

すると。

「ぐっ⁉」

「え？　ちょ、ローズマリー⁉」

「な、なんだ、これは……」

ローズマリーがその場に蹲《うずくま》って苦しそうに喘《あえ》ぐ。

や、やばい。

もしかしてこのジュース、毒か何か入ってたのか⁉

「ひ、人を呼んできますぞ‼」

イエローナが大慌てで部屋を飛び出し、助けを呼びに行く。

しかし、助けが来るのを待ってはいられない。

「ローズマリー‼ 今すぐ治すからじっとしていてくれ‼」

俺はローズマリーの胸の辺りに触れて『完全再生』を使用する。

これで一安心だ。

と思ったら、ローズマリーの容態は変わらず、苦しそうなまま唸っていた。

「な、なんでだ⁉ 今まで俺に治せない毒はなかったのに‼」

「レイ、シェル……」

「だ、大丈夫だ‼ 絶対に俺が何とかしてやるからな‼ ああでも、チートが効かないならどうすりゃ良いんだよ⁉」

「はあ、はあ、レイ、シェル」

「な、なんだ⁉」

苦しそうに俺の名前を呼ぶローズマリー。彼女は続けざまにこう言った。

「わ、私に、触るな……」

「え？」

それは拒絶の言葉だった。

「あ、いや、えっと、ち、違うんだ。あのジュースは俺もイェローナも知らなくて、毒が入ってたことも知らなくて‼　俺はローズマリーを殺そうなんて思ってないんだ‼　誰かが勝手に――」

「そうじゃないッ‼」

ローズマリーが急に叫び、俺はビクッとした。

すると、ローズマリーは呼吸を乱しながら、頬を赤く染めて言う。

「が、我慢、できない♡　お前を見ているとっ♡　お前の名前を口にするだけでっ♡　身体の奥が疼《うず》いてっ♡　このままだと私はっ♡　お前に酷《ひど》いことをしてしまうっ♡」

俺はジュースとローズマリーの状態を見比べて、ようやく理解した。

ジュースの中に入っていたものが分かった。

俺の『完全再生』は、基本的に身体に害のあるものを最優先で取り除くようになっている。

反対に害のないもの、薬などは意識しないと除去できない。

おそらくジュースの中に入っていたのは、媚薬《びやく》だろう。

媚薬も立派な薬だからな。

でもまあ、意識すれば媚薬でも取り除くことができる‼

「ま、待ってろ。今すぐ治して――」

冷蔵庫に媚薬を入れた犯人が誰だか分からないが、俺は慌ててローズマリーを治療しようと、彼女の身体に触れる。

その時だった。

ローズマリーがガシッと俺の腕を掴み、ずいっと詰め寄ってきたのは。

「ロ、ローズマリー？」

「はあ♡　はあ♡　お前が悪いんだぞ♡　私に触れるなと言ったのにっ♡　お前が悪いんだ♡　お前が悪いんだからなっ♡　レイシェルっ♡」

「ちょ、い、一旦落ち着いて‼」

後退る俺に迫るローズマリー。

俺はいつの間にか壁際にまで追い詰められてしまった。

背後への逃げ場を失ったので、壁沿いに横へ逃げようとした、その瞬間。

ドンッ‼

ローズマリーが俺の逃げ道を更に奪うように壁ドンしてきた。

「はあ、はあ、レイシェル」

「ロ、ローズマリー？」

超至近距離でローズマリーと見つめ合う。

ローズマリーの息がかかり、俺もドキドキしてしまった。

我が愛刀も反応する。

俺はローズマリーの目を見ていられなくて、視線を外し、何となく少し下を見た。

そこにはローズマリーが息をする度に激しく揺れるおっぱいがあり、余計に興奮してしまう。

ローズマリーはそれを理解してか、俺に囁《ささや》きかけてきた。

「レイシェル♡　ああ、レイシェルっ♡　お前は可愛《かわい》いな♡　食べてしまいたいくらいお前が愛おしくて堪《たま》らない♡」

「ちょ、お、落ち着こう。ローズマリーは、その、媚薬でおかしくなってんだって」

「黙れ♡　お前だってココを硬くしているではないか♡　なんてえぐい大きさと形だ♡　お前の愛らしい容姿とは正反対だな♡」

ローズマリーが俺の愛刀を撫《な》でながら言う。

その目はまるで、腹を空かした竜が霜降り肉を前にした時のようにギラギラ光っていた。

突然の事態に硬直している俺の耳にローズマリーが囁きかけてくる。

「私を好きと言え♡　私を愛していると言え♡　そうしたら、お前をめちゃくちゃにしてやる♡」

愛の告白を強要された。

それは辛うじて残っていた、ローズマリーの理性による抵抗だろう。

俺を無理やり犯すのではなく、合意であるとローズマリー自身を納得させるための告白の強要。

不思議と不快な感じは一切しなかった。

でも、ここでローズマリーに抱かれることが彼女の本当に望むこととは思えない。

今は薬のせいでおかしくなっているだけ。

そう思って、俺はローズマリーの強要に微かな抵抗の意志を見せた。

「こ、断ると言ったら？」

「そうかっ♡　なら私を好きと言うまで、私を愛していると言うまでお前をぶち犯すッ♡」

あ、逃げ場ないやん。

それを瞬時に理解して、俺の思考はすぐに切り替わった。

じゃあもう、頷いちゃおっか‼

俺もローズマリーのこと好きだし、ここで逃げたら男の恥だよな‼

俺はローズマリーの目を見ながら告白した。

「ローズマリー、好きだ。愛してる」

「――ッ♡♡♡♡　ああっ♡　私も好きだっ♡　愛しているっ♡　お前は私のものだっ♡　もう誰にも渡さないっ♡」

ローズマリーは俺の腕を引き、ベッドの上に放り投げた。

そして、服を脱ぎ捨てたローズマリーが舌舐《したな》めずりして俺にマウントポジションを取る。

「ふぅー♡　ふぅー♡　レイシェルっ♡　舌を出せっ♡　キスするぞっ♡」

「え？　あ、はい――むぐっ⁉」

ローズマリーがいきなりキスをしてきた。

それもお子様がするような可愛らしいキスではなく、思いっきり舌を絡ませるえっぐいディープな奴だ。

口で呼吸することができず、鼻で大きく息を吸う。

すると、ローズマリーの甘い匂いが俺の鼻孔をくすぐった。

「ちゅ♡　れろっ♡　じゅるっ♡　ぷはあっ♡　レイシェル♡　レイシェルレイシェルっ♡　お前は何故そうも可愛いのだ♡　めちゃくちゃにしてしまいたくなるじゃないか♡」

唇を離したローズマリーが呼吸を荒くして言う。

……やられっぱなしは性に合わないので、少し意趣返ししてやろう。

「ローズマリーも可愛いぞ」

「──っ♡♡♡」

俺の言葉にローズマリーは目を光らせた。例えではなく、物理的に真紅色の瞳が輝いている。

「ああっ♡　もう我慢ならんっ♡　レイシェルっ♡　胸を揉《も》めっ♡　今日から私の胸はお前のものだっ♡　好きなだけ触るといいっ♡」

「お、おお!!」

俺は喜び勇み、ローズマリーのおっぱいに手を伸ばす。

素晴らしい感触だった。以上。

え？　もっと他に何かないのか、だって？

あるわけがない。

だってこのおっぱいの感触の素晴らしさを伝える言葉を、俺は持ち合わせていないから。

「ふふっ♡　そんな顔をされたらっ♡　私ももう我慢できないっ♡」

「あぅ」

俺の首筋をぺろりと舐めてくるローズマリー。

それがくすぐったくて、俺は思わず身体を震わせてしまった。

すると、ローズマリーが再び囁いてくる。

「お前の初めてを貰うぞっ♡　代わりに私の初めてをくれてやるっ♡」

「遠慮なくいただきます」

その日、俺は翌日の朝までローズマリーに貪り尽くされてしまった。

◇

「す、すまない‼　本当に‼　申し訳ない‼」

媚薬の効果が切れて正気に戻ったローズマリーは、勢いよく額を地面に擦《こす》りつけた。

いわゆる土下座である。

「いやいや、そんなに謝らなくても……」

「私は、性欲に負けてレイシェルに酷いことをしてしまった。それは許されないことだ」

「えぇ……。でもほら、俺だって気持ちよかったし、むしろノリノリだったし。こちらこそありがとうございます、みたいな」

ローズマリーは罪悪感を感じているようだが、俺は全く気にしていない。

それはもうローズマリーのおっぱいが凄かったし、とにかく気持ちよかったからな。

めっちゃキスとかしてくるし、絶対に俺を逃がさない‼　って気迫のある濃厚なエッチは心に響くものがあった。

いや、本当に。まじで幸せな一時《ひととき》だった。

「元はと言えば媚薬入りジュースを俺の冷蔵庫にこっそり入れた奴が悪いんだし、気にしなくていいよ」

「レイシェル……」

「それにほら、あれだよ。もう恋人ってことで良いじゃん。……え、そういうことで良いよな？」

「っ、ああっ‼　恋人‼　レイシェルと恋人でいたい‼」

「しょ、正面から言われると恥ずかしいな」

俺とローズマリーの間に何とも言えない甘い空気が流れ始める。

「と、取《と》り敢《あ》えず、媚薬入りジュースを冷蔵庫に入れた犯人を見つけないといけないな」

「っ、そ、そうだな」

「それでしたら捜す必要はないですよ。私が犯人ですので」

「「⁉」」

俺とローズマリーは聞き覚えのある声に思わず硬直してしまった。

俺は咄嗟にクローゼットの方を見つめ、ローズマリーは天井を見上げる。

しかし、そこには誰の姿もなかった。

幻聴だったのだろうか。

ああ、そうだ。きっとそうに違いない。仮にも一国の女帝が媚薬を盛るなどあり得ないだろう。

「幻聴ではありませんよ」

そう言いながら、ぬっとベッドの下から出てきたのは絶世の美女だった。

アルカリオンである。

「「……」」

俺とローズマリーは顔を見合わせて。

「ぎゃあああああああああああ⁉」

「は、母上⁉　い、いいつからそこに⁉」

「最初からですが」

怖い。

クローゼットと天井裏の次はベッドの下とかめちゃくちゃ怖い‼

俺は軽くパニックに陥り、ローズマリーがアルカリオンを問いただす。

「母上が犯人とはどういうことですか⁉」

「落ち着きなさい、ローズマリー。これからお話ししましょう、私が立案した計画の全てを」

いや、取り敢えず俺はアルカリオンがベッドの下から出てきたことへの説明を求めたいんだが。

「私の竜の眼《め》は、他者の感情を読み取ることができます」

「何それ凄い」

「そして、私は知りました。ローズマリーも坊やに好意を抱いていることを。初めて坊やに出会った、あの日に知ったのです」

アルカリオンは相変わらず無表情で言う。

しかし、その口から発する言葉には少なくない熱が込められているようだった。

「大切な娘と同じ想い人を奪い合うのは、私の本意ではありません。ならばもういっそ、娘と想い人を共有してしまえばいいのでは？　そう考えました」

「なぜそう考えるのですか⁉」

「そこで私は策を弄しました。私の竜の眼は見たもののあらゆる可能性を視ることもできます。要は未来視ができるのです。そして、私は見ました。ローズマリーがうっかり口を滑らせて好意を示し、坊やから受け取ったジュースを飲み干す光景を」

「能力の無駄遣いがすぎます‼　私欲にまみれすぎです‼」

ローズマリーのツッコミに俺も同意する。

相手の心が読めたり、未来が視えたりするチートな眼を、そこまで私欲のために躊躇《ためら》いなく使うとは。

と、そこでアルカリオンが媚薬入りジュースの瓶を手に持った。

「なので私は、冷蔵庫の中にこっそり媚薬入りジュースを入れました。ローズマリーはそれを飲んだのです。あとは邪魔が入らないよう、人を呼びに行ったイェローナにちょちょいと魔法を使ってしばらく寝てもらったら完璧です」

ああ、助けを呼びに行ったはずのイェローナが戻ってこなかったのは、アルカリオンが眠らせたからなのか。

全然戻ってこないからローズマリーとの行為中に少し心配していたのだ。

まあ、それに関しては、ローズマリーが「今は私以外の女のことを考えるなっ♡」と嫉妬して、エッチが更に激しくなったから最高だったが。

アルカリオンの話はまだ終わらない。

「私の計画通りに、坊やとローズマリーは一線を越えてしまった。あとはこっちのもんです」

「は、母上⁉　何を⁉」

アルカリオンは媚薬入りジュースを口に含み、何故か俺の方に近づいてきた。

それは洗練された俊敏な動きで、俺は思うように反応できなかった。

ローズマリーとのエッチで疲労していた俺は、大した抵抗もできず、そのままアルカリオンに捕まってしまう。

そのままアルカリオンがキスをしてきて、俺は無理やり媚薬の入ったジュースを飲まされた。

「むぐっ⁉」

「ちゅぷっ、れろっ、はむっ……。さあ、愛しの坊や。一滴残らず飲み干しなさい。妻からの、そしてママからの命令ですよ」

「ふぁ、ふぁい」

頭を優しく撫でられながら、媚薬入りジュースを一滴残らずたっぷりと飲まされてしまう。

それを飲んだ瞬間、身体が奥底から熱くなった。

ローズマリーにこってり搾り取られたジュニアも完全復活である。

俺はアルカリオンの大きなおっぱいに顔を埋め、その極上の身体に抱きつきながら無意識に腰を振った。

まるで盛った猿のように。

しかし、アルカリオンはそれを受け入れて、優しく俺をベッドまで導く。

「なっ、母上、何を⁉」

「おや、ローズマリー。自分はヤったくせに母はダメだと言うのですか」

「レ、レイシェルはもう私の恋人です‼」

「それを言うなら、私は坊やにお風呂でプロポーズされていますよ。好きだ、愛している、と。加えて言うなら結婚してくれ、子供を産んでくれとも言われました」

「な⁉」

ローズマリーがキッと俺を睨《にら》んだ。

……確かに言った。

その直後にローズマリーが気付いて有耶無耶《うやむや》になってしまったが、確かに俺はアルカリオンにプロポーズしている。

相変わらず無表情ながらも、どこか勝ち誇った様子のアルカリオン。

対するローズマリーは悔しそうだった。

「くっ、だったら‼」

何を思ってか、ローズマリーはまたしてもぐいっと俺に詰め寄ってきた。

「レイシェルッ‼ 私にもプロポーズしろッ‼ お前の子供なら何十人でも、いや、何百人でも産んでやる‼ お前をパパにしてやる‼」

その逆プロポーズにドキッとして、薬で思考力が低下していた俺は思わず咄嗟に返事をしてしまった。

「うあっ、結婚して‼ ローズマリー、俺の子供を産んでくれ‼」

「ああ、もちろんだ‼ 覚悟していろ‼ 母上、これで私もプロポーズされましたよ‼

レイシェルは私のものです‼」

そう言って俺を抱き寄せて、勝ち誇ったような笑みを見せるローズマリー。

アルカリオンは何も言わず、俺とローズマリーを静かに見つめた。

いや、心なしか口元が笑っているような……。

「さあ、母上‼　どうするおつもりですか？　帝国の法では一夫一妻が常識ですよ‼」

「問題ありません。とうに解決済みです」

「え？」

「これをご覧なさい」

アルカリオンがおっぱいの谷間から一枚の書類を取り出し、それをローズマリーに見せた。

ローズマリーは書類を受け取り、内容に目を通す。

「本日から帝国法の一部を変更し、坊やは複数人の妻を娶《めと》れるようにしました」

「⁉」

え、何その法律……。

俺とローズマリーが困惑していると、アルカリオンは相変わらず無表情だが、どこか嬉しそうに語った。

「母は安心しました。ここで好いている男を取られて引き下がるようなら、一から貴女の根性を鍛え直していたところです」

「な、何を言っておられるのですか？」

「最初に言った通りです。娘と同じ男性を奪い合うのは本意ではない、と。私は坊やを共有するつもりだったのです。――まあ、ぶっちゃけるなら」

アルカリオンがぶっちゃけ始めた。

「娘と想い人を巡って喧嘩《けんか》とかしたくないですし。ここは皆が幸せになる落としどころを用意してみました」

「……媚薬を飲んだ私がレイシェルに迫らなかったら、どうなさるおつもりだったんですか？」

「その時は坊やを独り占めしていました。しばらく坊やと二人きりでイチャイチャライフを堪能《たんのう》し、しばらくしたらローズマリーも仲間に入れる計画を用意していましたので、そこはご安心を。まあ、私よりも性欲が強いローズマリーのことです。我慢できるとは最初から思っていませんでしたが」

「なっ、べ、別に私は性欲が強いわけでは‼」

いや、ローズマリーは性欲が強いと思う。

休みなしで朝までぶっ続けエッチしたのがその証拠である。

「ま、まったく。母上は本当に……」

少し落ち着いたのか、ローズマリーはいつもの調子で苦言を呈する。

「わざわざ私とレイシェルを共有するために法を変えるなど……。権力の乱用がすぎるのでは？」

「ローズマリーは知らないようですね。権力は乱用するためにあるのですよ。――おや」

ちらっとアルカリオンが俺を見た。

この時の俺は、男として醜態を晒《さら》していたに違いない。

情けなくアルカリオンとローズマリーの豊満な身体にしがみつき、その感触を堪能していた。

「……どうやら少々、坊やを焦《じ》らしすぎてしまったようですね」

「ま、まったく。さっきあれだけ私とシたというのに。仕方のない男だな」

「では一番手は私が貰いましょう」

「母上、ここは娘に譲るところでは？」

「ローズマリーは先ほどまでお楽しみだったではありませんか。それに、あのような本能任せの行為が気持ちいいのは最初だけですよ。もっとテクニックを磨きなさい」

「む」

「というわけで、ここは母が手本を見せてあげましょう。さあ、坊や。私は今から坊やの妻であり、ママ。好きなだけ甘えなさい」

「うんっ‼」

俺は子供っぽい返事をしながら、アルカリオンのふわふわぷるぷるのおっぱいに顔を埋めた。

まるで雲の上にいるかのようなふわふわ感。

極楽とはまさにこのことだろう。俺がしばらくアルカリオンのおっぱいを堪能していると。

「坊や」

「うぇ？　んむ⁉」

アルカリオンがキスをしてきた。舌と舌を絡ませ合う、えっぐい大人の本気のキスだった。

ローズマリーともキスをしたが、アルカリオンのキスは脳が溶かされるような、言葉では言い表せない気持ち良さがあった。

「ぷはあ、しゅ、しゅげぇ」

「おい、レイシェル」

「ふぁ？　んむ⁉」

ローズマリーに名前を呼ばれて振り向くと、いきなりキスをされた。こちらもまたえっぐいキスだった。

絶世の美女に挟まれながらする、濃厚なキス。

薬を盛られて意識が朦朧《もうろう》としていた俺は二人に逆らえなくなる。

「坊やは私たちに身を委《ゆだ》ねてください。坊やに誰も味わったことのない、至高の快楽を与えてあげましょう」

「レイシェル♡　お前は私のものだ♡　沢山愛してやるからな♡」

ベッドの上で絶世の美女二人に挟まれる。

大きくて柔らかいおっぱいに押し潰されてしまいそうなくらい、むぎゅーっと抱き締められる。

それがあまりにも気持ち良くて、あまりにも幸せで……。

俺は二人が与えてくれる快楽に身を委ねた。

アルカリオンは過去七人の夫がいた、いわばベテランだ。

俺と互いの初めてを交換したばかりのローズマリーがテクニックで勝てる道理はなかった。

無表情のまま俺を気持ち良くするためにあらゆる手を尽くしてくるアルカリオンに、俺は骨抜きにされてしまう。

おっぱいも太ももも、頭から爪先までアルカリオンの身体は全てが気持ちよかった。

しかし、それに負けじとローズマリーも情熱的に俺を責め立ててくる。

そのテクニックは刻一刻と上達し、僅か数時間でアルカリオン並みにまで至った。

まさに天国。この世の楽園。

幸せな時間は三日ほど続き、俺はとことん搾り取られて疲れ果て、丸一日寝込む羽目になった。

目が覚めたらアルカリオンとローズマリー、二人と婚約したことが帝国中に発表されていて本気でビックリしたね、うん。

まあ、断るつもりは微塵《みじん》もないので、何も問題はないのだが。

第四章　捨てられ王子は拉致される

俺、レイシェル・フォン・アガーラムは、ドラグーン帝国の女帝アルカリオンと、その娘である第七皇女ローズマリーと婚約した。

アルカリオン曰《いわ》く、その日のうちに結婚するつもりで婚姻届までしっかり用意していたらしい。

しかし、流石《さすが》に性急すぎるとローズマリーが必死に止めたそうだ。

今はまだ色々と問題があるというか、一国の女帝とその娘、第七皇女の結婚ともなれば準備が大変とのこと。

そのため婚約という形でひとまず落ち着き、俺たちはそう遠くないうちに結婚することになった。

俺がアルカリオンやローズマリーとエッチしてから数日後。

俺は帝都で過ごしている部下たちから詳しい説明を求められた。

なので、事細かに成り行きを話す。

「ってことがあったんだ。そう遠くないうちに結婚するから、お前らも式には来てくれよな!!」

「「「「……」」」」

数週間ぶりに会った部下たちは、俺の話を聞いて顔を見合わせた。

彼らは今、捕虜という立場にある。

しかし、これと言って何か不遇な目に遭っているということはなかった。

戦場にいたが故に嫌でも上達した治癒魔法の腕前を生かし、帝都の国営治療院で給金を貰《もら》って働いている。

今日は彼らを部屋に招いて、互いの近況を報告し合う日だった。

実は今日のような報告会は定期的に行っている。

俺は帝城から出られないが、彼らの話を聞いていると帝都には面白いものが沢山あるようで、俺はこの時間が好きだった。

部下たちは俺の話を聞いて一言。

「「「「どうしてそうなった!?」」」」

「うおっ、びっくりした」

全員が揃《そろ》って絶叫した。

「うちの隊長、ナニモンなんだ?」

「なんで大国の女帝と第七皇女と結婚する流れになってんだよ……」

「母娘丼《おやこどん》、か。もげちまえば良いのに」

「もぐだけじゃダメだ。この人はどんな怪我《けが》を負っても元通りに再生するからな。イチモツをぶった斬ったら溶かした鉛で封をしなきゃ」

「なあお前ら。これちょっとした裁判だろ。殿下が有罪か無罪か話し合おうぜ」

「「「「賛成‼」」」」

なんか裁判が始まった。

待つこと数分、判決はすぐに出る。

「殿下。我々第四衛生兵部隊一同、公正に審議した結果、導き出した判決を言い渡します。耳の穴かっぽじってよく聞きやがれください」

「え、あ、うん」

「「「「死刑‼」」」」

こいつら仲良いなあ。

「何⁉　何がどうなったら絶世の美女二人、それも母娘なんて背徳的なハーレム作れんの⁉」

「顔か⁉　やっぱり顔が良いからか⁉　それともチ◯コか⁉　殿下のチ◯コがデカイからか⁉」

「オレなんか彼女すらいたことないのに‼」

「まだマシだろ‼　俺は小さい頃に『大きくなったら結婚しようね‼』って言ってた幼馴《おさなな》染《じ》みが知らない男を連れてきて、『私、この人と結婚するの‼』って報告されたのに‼」

「殿下ゆるすまじ。殿下ゆるすまじ。殿下ゆるすまじ。殿下ゆるすまじ。殿下ゆるすまじ……」

部下たちは嫉妬に狂っていた。

いつもは俺のことを舐《な》め腐《くさ》ってる部下たちが、俺を憎々しげに睨《にら》みつけている。

なんだろう、なんか……超気分がいい‼

俺はニヤニヤと笑いながら、日頃の扱いに対する鬱憤を晴らすために部下たちを煽《あお》ることにした。

「いやほら、俺って顔もよくて性格もいいし？　料理とかもちゃっかりできる系男子だし？　お前らみたいな非モテ童貞どもとは違うんだよ。日頃から小馬鹿にしてた俺に先を越された気分はどうだ？　ん？　ん？　どうかなあ？」

「「「「コロスッ‼」」」」

部下たちが集団で襲いかかってきた。

「上等だ、かかってこい‼　たまには上官としての意地を見せてやる‼　あと、俺がゲスヤリチンって噂《うわさ》を広めやがった件も含めて相手してやらあ‼」

俺が部下たちと取っ組み合いを始めると、その様子を一歩離れたところから見ている副隊長のダンカンが慌てて間に入ってきた。

「まあまあ、お前ら落ち着けって。ほら、殿下もですよ」

「んなこと言って、お前も俺に嫉妬してんじゃねーのか？　んん？　お前も俺が羨ましいんじゃねーのぉ？」

「いえ、自分は別に何とも思ってないっす」

……本当に何とも思ってなさそうだな。

「少し打算的な意見ですけど、悪いことでもないと思いますし。いくら周辺の小国から支援を受けていると言っても、王国は年々疲弊してましたからね、帝国と友好的な関係を構築できるなら万々歳でしょ」

ダンカンは俺に対する言動からよく勘違いされがちだが、根は良くも悪くも生真面目《きまじめ》だ。国に対する忠誠心があるというか、護国の精神が非常に強く、侵略者に対しては厳しい性格をしている。

しかし、ダンカンは俺の見ぬ間に随分と丸くなっていたらしい。

帝国と和解できるならそれに越したことはないと言い切った。

「おい。なんでダンカンはこんなに落ち着いてんだ？」

ダンカンのおおらかな態度を疑問に思い、部下たちに問いかける。

すると、部下たちは心当たりがあるようで……。

「「「「ケッ‼」」」」

一斉に「ケッ‼」ってした。ダンカンが動揺する。

「な、なんだ、お前ら。なんでそんなに怒ってんだ?」

「おい、お前ら何か知ってんの? じゃあ俺にも教えろよ。俺、元王子だぞ。仲間外れにするなよ」

俺がそう言うと、部下の一人がダンカンの小脇をぐりぐりしながら教えてくれた。

「ダンカン副隊長は裏切り者なんですよ。帝都の酒場で知り合った女の子とイイ感じなんです。この前なんかデートしてました」

「ほほう‼ 詳しく‼」

「相手は酒場で給仕をしてる女の子みたいでして。どうもその女の子、馬車との接触事故で大怪我《おおけが》をして治療院に運ばれてきたらしいんですよ」

「それを傷一つ残さず治しちまって、その後、酒場で再会。それからずっと女の子から猛《もう》アプローチを受けて、つい先日交際スタートしたみたいです。ちらっと見ましたけど、素朴ながらも明るくて可愛《かわい》い子でしたね」

「まあ、つまりは天下の副隊長殿は、殿下と同じ状況になりつつあるということです」

他の部下たちが嫉妬に狂いながらも楽しそうに話し、それをダンカンは耳まで顔を赤くしながら黙って聞いている。

あのダンカンに恋人とは。

「嬉《うれ》しいような、寂しいような気分だなあ。あ、子供が出来たら俺にも名前考えさせてよ。代わりに俺の子供の名前を考えさせてやるから」

「え、嫌ですよ⁉　皇族の子供の名前を考えるとかどんな重役ですか⁉　あと子供の名前は自分で決めます‼」

ダンカンのツッコミが炸裂《さくれつ》する。

「……コホン。雑談はこれくらいにして、殿下にお伝えしたい情報があるんですけど」

軽く咳払《せきばら》いをして、真面目な雰囲気を醸し出すダンカン。

「ん？　なんだ？　夜のマンネリの対処法が知りたいのか？」

「まだまだ熱々ですよ。って、そうではなく‼」

俺はふざけるのをやめて襟を正し、ダンカンの話に耳を傾ける。

「どうも帝国の中枢に殿下のことを邪魔に思っている者が多いようです。気を付けてください」

「……ふむ」

俺は静かに頷《うなず》いた。

他の部下たちは今までと同様、雑談するつもりで今日も遊びに来ていたようで、ダンカンの語る内容に表情を変える。

「どういうことだ？」

「帝国の中枢、つまりは女帝アルカリオンの統治を支える大臣らですね。彼らはただ食っちゃ寝してるだけのくせに女帝の寵愛《ちょうあい》や第七皇女の好意を一身に受け、婚約した殿下が気に入らないみたいです」

「……まあ、たしかに俺って仕事も何もしてないニートだからなあ。嫌われもするだろうよ」

冷蔵庫に関しても俺は大雑把な仕組みやイメージをイェローナに伝えただけで、それを開発・改良しているのは彼女だ。

俺は何もしていない。

帝国の利益になることと言えば、ローズマリーやアルカリオンを救ったことくらいだろうか。

まあ、女帝と皇女を救ったわけだし、多少ニートでも許してくれ、とは思うが。

「にー？　よく分かりませんが、とにかく帝国の中枢は殿下への不平不満でいっぱいらしいですよ」

「ちなみにどこ情報？」

「……自分の恋人です」

どうやらダンカンの恋人は、かなり良い耳を持っているらしい。

酒場で給仕として働いていると、帝城勤めの兵士や官僚から愚痴を聞くことも多いそうだ。

彼らは帝国の大臣らと接することもしばしばあり、曰く大臣らの間では俺への不満の嵐だとか。

「まあ、その殆《ほとん》どが言ってるだけの、いわばただの悪口なわけですが……」

「その言い方だと、一部は本気で排除しようとしてるみたいだな」

「はい。さすがに力ずくでどうこうしようとする可能性は低いでしょうが、そういう勢力もいるようです。念のため気を付けてください」

流石にアルカリオンやローズマリーの反感を買ってまでどうこうしようとする者がいるとは思えないが……。

しかし、信頼する部下が持ってきた情報だ。忘れないよう、心に留めておいた方が良いだろう。

「もう夜も更けてきましたし、自分たちはそろそろお暇《いとま》します。あ、それから殿下、これを」

「ん?」

ダンカンが渡してきたのは、俺が最前線で愛用していたナイフだった。

人を直接殺すのは嫌なので使うことは滅多になかったが、お気に入りの護身用ナイフである。

「これ、俺のナイフじゃん。どうしたんだ?」

「捕虜となる際に没収されていたものを、第七皇女殿下から許可を取って返却してもらったものです。何があるか分かんないですし、持っていてください」

「……ん。分かった」

受け取ったナイフを懐に仕舞う。

そうして今日の定期報告会はお開きになり、俺は部下たちを見送った。

俺はローズマリーとアルカリオンを待ち、本を読みながら適当に時間を潰す。

最近、俺は毎晩二人と同じベッドで過ごしている。

一晩中エッチするためだ。

アルカリオンが手本を見せ、ローズマリーはそれを真似《まね》てテクニックを上達させている。

互いに対抗心を燃やしているせいか、二人に挟まれるエッチは激しめで、とにかく気持ちいいのが終わらない。

まさしく至福の時間だった。

今日はナニをしようかと考えていると、そのタイミングで何者かが俺の部屋の扉をコンコンとノックする。

「お、二人が来たかな？」

俺は本を閉じ、ドアに近づいた。

ドアノブを握って捻《ひね》り、扉を開けようとした瞬間――。

首筋にゾワリと冷たいものを感じた。

それは、最前線で何度か経験したことがある死の予感。

「っ‼」

俺は本能に、あるいは直感に任せて全力で上体を逸《そ》らした。

その直後。

――タンタンタンッ‼

軽快な炸裂音とともに何かが凄《すさ》まじい速度で扉を貫通し、風穴を空け、俺の頬を掠《かす》めて通過する。

俺は咄嗟《とっさ》に扉から距離を取った。

ありえない。

いくら何でも『その武器』がこの世界にあるのはおかしいだろう。

「あ？　チッ、当たらなかったか」

黒装束の男が苛立《いらだ》ちを隠そうともせず、舌打ちしながら扉を蹴破ってズカズカと部屋の中に入ってくる。

その男が両手で抱えるように持っていたものに、俺は見覚えがあった。

それは、紛れもなく『銃』だった。

しかも火縄銃やマスケット銃のような、原始的な銃ではない。

一般的にアサルトライフルと呼ばれる、自動小銃である。

それも音が出ないよう、ご丁寧にサイレンサーと思わしきものが銃口に取り付けられていた。

しかし、この世界にその武器はないはずだ。

魔法という強大な武器があるこの世界では、銃は発展する余地がない。

一撃で人間を容易《たやす》く殺せてしまう魔法が昔から存在するのに、わざわざ銃のような兵器を作る意味がないのだ。

銃は主力武器にはならない。

でもまあ、どの国でも中世ヨーロッパ並みの技術力を有するこの世界なら、火薬やそれに類するものがあれば作ること自体は簡単だろう。

しかし、いくら何でもアサルトライフルのような強力な現代兵器を作れるわけがない。

それを作るための技術的な下地がないのだから。

でも、現実として目の前にアサルトライフルで武装した男がいる。

敵。

いきなり撃ってきた以上、仮に人違いで俺を狙ってきたのだとしても無力化しなければならない。

咄嗟に距離を取ってしまったのは失敗だった。

銃は接近さえしてしまえばあまり恐れる必要はない兵器のはず、多分。自信はないけども。

俺は懐に仕舞っていたナイフを抜き、姿勢を低くして男に迫った。

そして、躊躇《ためら》わず男の太ももに突き刺す。

俺の『完全再生』は、死んでさえいなければどんな怪我でも元通りに治せる。

多少は痛い思いをさせても問題はない。

「ぐあ⁉」

男は反撃を受けると思っていなかったのか、痛みに悶《もだ》えているようだった。

反撃を想定していない。痛みに耐性がない。

兵士や騎士ではないのだろうか。少なくとも近距離での戦いにはあまり慣れていないようだ。

ならば無力化は――できる‼

俺は男の太ももからナイフを引き抜き、続けて男の二の腕を刺した。

「あがっ⁉　こ、このガキっ‼」

男が痛みに耐えかねて銃を落としたので、足で蹴飛ばして男から銃を離す。これで武器を奪うことができた。

あとは男の意識を刈り取ってしまえば‼

――タンッ‼

「あぐっ」

俺は思わず唸《うな》る。

再び軽快な炸裂音が部屋に響き、遅れて脇腹に耐えがたい激痛が走った。

――タンタンタンッ‼

更に三回の音が鳴り、その数だけ太もも、肩、腕に痛みが走った。

鮮血が宙を舞う。

音のした方を見ると、そこには男と同じように黒装束をまとった女が拳銃を構えて立っていた。

二人目がいたのか‼

「油断するなと言ったはずよ。ターゲットは見た目こそ幼く見えるけれど、戦場を知っている猛者《もさ》だと」

「す、すいません、姉御。このクソガキ‼　てめぇのせいで姉御に怒られちまったじゃねえか‼」

「がふっ」

男が俺の腹を蹴飛ばし、俺はそのまま倒れてしまった。

すぐにでも『完全再生』で怪我を治し、反撃したいところだが、できない。

多分、傷口に弾丸が残っている。

俺は中に異物がある状態で『完全再生』を使ったことがない。

異物を勝手に排出してくれるならいいが、そうでない場合は身体の中に異物が残されたままになってしまう。

俺は即座に決断すべきだったのだろう。

急いで『完全再生』を使い、中に弾丸が残る可能性を承知で傷口を塞ぐべきだった。

そんなものは後で肉を抉《えぐ》って摘出すればいいのだから。

しかし、この世界にはないはずの銃の存在に、その銃の扱い方を知っている謎の襲撃者たちに動揺し、判断が鈍った。

血を流しすぎた俺は、次第に意識が遠のいてしまう。

油断した。

ダンカンから警告を聞いた直後だったにもかかわらず、この体たらく。

弟に王位や婚約者を奪われても不思議ではないくらいの無能だな、俺は。

そんなことを考えながら、俺の意識は闇の中に消えた。

◇

ガタンゴトン。ガタンゴトン。

どこかリズミカルで特徴的な振動を感じて、俺は目を覚ます。

身体を起こし、俺は辺りを見回した。

「ここは……」

俺が目を覚ました場所は、列車の中だった。

ただし、客を乗せるための車両ではない。動物を輸送するための、いわゆる貨物車で、大量の藁《わら》が地面に敷かれていた。

どことなく獣臭いのはそのせいに違いない。

窓がなく、今が昼なのか夜なのかは分からないが、俺は結構長い時間気絶していたのだろう。

身体のあちこちが痛かった。いやまあ、それは撃たれたせいかもしれないが。

「俺はたしか、そうだ。銃で武装した奴《やつ》らに襲われて……」

ハッとして辺りを確認する。

襲撃者の姿はどこにもなかったので、ひとまず安心だ。

いや、捕まってる真っ最中だし、安心するのは早すぎるか。

「痛っ」

怪我の具合を確かめると、傷口に残っていた弾丸は摘出されたらしい。

黒装束の奴らがやったのだろうか。

その後の処置が雑でめちゃくちゃ痛いが、中に異物がないならチート能力でどうにでもなる。

「『完全再生』っと」

傷口を治し、軽く動かす。

動作にこれといった違和感もなく、問題はなさそうだ。

と、その時。

「お？　やっと起きた～」

知らない女性の声が聞こえて、俺は警戒しながら振り向いた。

しかし、その女性を見て思わず警戒を解いてしまう。

若くて綺麗《きれい》な女の人だったのだ。

セミロングの藍色の髪は少し跳ねており、その顔立ちは誰かと似ている気がした。

瞳の色までは分からない。

暗くて分からないとかじゃなくて、糸目で瞳が見えないから。

その身にまとう服はボロボロで、浮浪者のように見えなくもない。

何より、臭い。

汗臭いとかではなかった。

俺は匂いフェチな部分があるので、ちょっと汗臭いくらいならむしろいいのだ。興奮するから。

しかし、目の前の女性から漂ってくる匂いはそういう類いのものではない。

「す、凄い酒の匂い‼」

その女性からは、離れていても思わず鼻を覆いたくなるほど強烈な酒の匂いがした。

よく見ると、女性の手には酒瓶が握られており、周りにもいくつか酒瓶が転がっている。

「あ、君も飲むぅ？　これ、お姉さんのおすすめで超酔えるから最高だゾ～」

「え、遠慮します。俺、すぐ酔っぱらっちゃうので。あとここは？　貴女は敵ですか？」

「……まず最初に確認するのがそれか～。そういうの、よくないゾ～。まずは相手と親しくなるためのコミュニケーションを取らなくちゃ～。ま、お姉さんは親切なので答えちゃお～」

美人だったから警戒を緩めてしまったが、この女性も襲撃者の仲間である可能性は十分にある。

警戒するに越したことはない。

愛用のナイフは襲撃者に没収されてしまったようで、武器になりそうなものは手元になかった。

あ、いや、酒瓶なら武器になるか。よし、いざとなったら酒瓶で戦おう。

そんなことを考えていると、お姉さんは酒瓶を傾けて中身を呷《あお》りながら俺の問いに答える。

「もう分かってるだろうけど、ここは列車の貨物室だよ～。どこに向かってるかは分かんな～い。で、二つ目の質問の答え、敵じゃないから安心していいよ～」

「そう、ですか。なら貴女は何故《なぜ》ここに？」

「あ～、それね～。お気に入りの酒場で潰れるまで飲んでたらね～。なんか美味《おい》しいお酒奢《おご》ってくれるって言われて付いて行ったら捕まっちゃってさ～」

なんか、この人から俺とはベクトルの違うダメ人間のオーラを感じる。

「えーと、さっきは失礼しました。貴女のお名前を聞いても？」

「もう自分が誰かも分かんな～い、なんつって。たはは～」

「……」

酔っ払いって面倒だなあ。

「冗談だよ～。だからお姉さんをそんな冷たい目で見ないでってば～。でも、そういうのは自分から名乗るものだよ、少年」

「……まあ、そうですね。俺はレイシェルです」

俺が名前を名乗ると、お姉さんは今まさに中身を呷ろうとしていた酒瓶をピタッと止めた。

そして、酒瓶を置いてこちらを無言で見る。

その折りに糸目が少し開いて、黄金の瞳が俺をまじまじと見つめてきた。

微《かす》かに目が光っているような……。

「ふーん、君が噂のアガーラムの元王子様なのか～」

「一応聞きますけど、どういう噂ですか？」

「帝国の女帝と皇女を同時に完堕《かんお》ちさせた挙げ句、他の皇女も狙ってるゲスヤリチン」

「なんかもっと酷《ひど》くなってる⁉」

俺に新たに狙われている皇女というのは、もしかしてイェローナのことだろうか。

たしかにおっぱいが大きくてエッチだとは思ったけどさあ‼

ちくしょう。こうなった原因は部下たちだ。

帰ったら、部下たちの爪先を踵《かかと》でぐりぐりする以上にもっとキツイ制裁を加えてやろうそうしよう。

俺が制裁内容を考えていると、お姉さんは何かを察したように唸った。

「あぁ、なるほどね～。大体今回の誘拐目的は分かったかも。面倒なことになっちゃったな～」

「え？　どういうことです？」

「何でもな～い。あ、私の名前はアイルイン。アイちゃんで良いよ～」

「ああ、そうですか。よろしくお願いします、アイちゃん」

「お、おお、本当に初対面でちゃん付けしてくる子は初めてだな～」

アイルインが自分でアイちゃんって呼べって言ったくせに。

「まあ、助けが来るまで三人で仲良くしようね～」

「三人？」

「あれ？　気付いてない感じ？　ほら、君のすぐ横で眠ってるゾ～」

言われてから気付いた。

誰かが俺の服の袖を握っており、静かに寝息を立てている。

「うおっ、か、可愛い」

まるで天使のような少女が眠っていた。

毛先に軽いウェーブがかかったエメラルドグリーンの髪をしている少女だ。

しかし、問題はその格好。

俗に言うネグリジェという寝間着で、色々と透け透けで見えてしまっている。

幼い容姿にネグリジェという、ちょっと犯罪臭漂う背徳的な格好だった。

「えーと、この子も拐《さら》われちゃったんですかね？」

「多分ね～。その子いっつも寝てるから、拐うのは簡単だったと思うよ～」

「ん？　知り合いなんですか？」

「知り合いっていうか、お姉さんの妹だよ～。どうどう？　寝顔めっちゃ可愛いっしょ～」

「……妹？」

え？　まじ？

「い、妹ぉ!?」

この天使のような少女の姉が、この酔っ払いお姉さんということか!?

「あれ？　なんか凄い失礼な反応されてない？」

「あ、いや、す、すみません。あんまり似てなかったもので」

「ま、そこはしょうがないかな～。その子とは父親が違うし」

再び酒を呷りながら言うアイルイン。

思ったより複雑な家庭らしい。

深く突っ込むのも忍びないので、俺は少女を起こさないよう黙ることにした。

が、何故かアイルインがニヤニヤ笑いながら話しかけてくる。

「ね～ね～。君ってさ～、恋人とかいる感じ～？」

しかも声が大きい。

もしこの名前も知らない天使ちゃんが目覚めてしまったらどうするのか。

俺は酔っ払いの相手を少し面倒に思いつつも、無言でいるのは辛いので、適当に会話することにした。

「いますよ。超絶美人な女性が二人です。恋人じゃなくて婚約者ですけど」

「二股してんだ～？　浮気者《うわきもの》～」

「公認です。あと二人には本気なので浮気じゃないです」

「うわ～、ヤリチンの台詞《せりふ》～。で、どんな人なの～？」

「え？　んー、そうですね」

アイルインは知らない人だし、少しくらい惚気《のろけ》てもいいよな。

部下たちに惚気話をすると愛刀をもがれそうになるが、俺は純粋に自分の婚約者たちを自慢したいのだ。

「まず二人とも背が高くて、めちゃくちゃおっぱいが大きいです」

「うわ、男子ってサイテ～」

「大事なことですよ。容姿って馬鹿にできないんですから」

第一印象は容姿で決まるし、第二印象は最初の印象に引っ張られて中々変わらない。

俺は二人の容姿に魅力を感じているし、その上で二人の性格も好いている。

「夜の方も二人とも積極的で不満はナシです」

「ほーん？　ローズマリーまで積極的なのは意外かな～」

うん？

俺、ローズマリーの名前は出してないよな？　なんで分かったんだ？

……ふむ。

「家族から見た二人ってどんな感じなんです？」

「うーん、そうだね～。ママは無表情だけど、基本は愉快な人かな。怒ると怖い。ローズマリーは堅物って感じ。だからぶっちゃけ、ローズマリーが結婚するとは思ってなかっ――あっ」

なるほど。やっぱりそうか。

道理で誰かに似ていると思った。

アイルインはローズマリー、というかアルカリオンに顔立ちが似ていたのだ。

「初めまして、お義姉《ねえ》さん。貴女の義弟、あるいは義父になるレイシェルです」

「義弟は別に良いけど、義父は嫌だな～」

「で、なんで黙ってたんです？　わざわざ知らないふりをして二人のことを聞いてきたりして」

「だって母親と妹が悪い男に騙《だま》されてたら嫌じゃん。ましてや君、巷《ちまた》じゃゲスヤリチンって噂だったし。まあ、君が二人のことを本気で愛してることは分かったからいいけどね～」

そこまで言われてハッとする。

冷静に考えてみたら、俺ってローズマリーやアルカリオンに関して最低なこと言ってなかったか？

身体、というかおっぱいと夜の営みのことしか話してないもん。

俺は慌てて言い訳することにした。

「いや、あの、あれですよ？　たしかに二人の容姿は好きですけど、それだけじゃなくてですね？　二人とも超優しくて、話も面白くて、一緒にいて飽きなくて……。あ、急にクローゼットや天井裏から出てくるのはビビるんでやめてほしいですけど。決して二人の身体だけが目的ではなくて――」

「たはは、分かってる分かってる～。私は眼《め》が良いからさ、君の考えてることは全部分かるから安心して～」

「ほっ」

どうやら俺がローズマリーたちの身体目当てのガチゲスだとは思われていないようで安心した。

いやまあ、二人の身体をエロいと思ってるのは本当だけど。

でもそれだけじゃない。

ローズマリーは凜々《りり》しくてカッコイイけど、ぬいぐるみとか可愛いものが好きってギャップが可愛いし。

アルカリオンは無表情ながら感情豊かで話していて楽しい。……よく変なところから出てくることには目を瞑《つぶ》る。

決して二人の身体だけが好きなわけじゃない。

「ん？　待てよ？」

と、そこで俺はあることに気付いた。

「あの、ということはこっちの天使みたいに可愛い子は俺の義妹になるわけですかね？」

「あー、違う違う。その子、精神面はともかく生きてきた時間的には君やローズマリーより年上だから、どちらかというと義姉になるね」

まじか。

え、ちょ!!　この子、ローズマリーより年上なのか!?

いや、たしかにローズマリーは第七皇女。

帝国には皇女が七人しかいないはずだし、この天使ちゃんがローズマリーの姉なのは間違いない。

地味にビックリ仰天だ。

実はちょっと、こういう可愛い子に『お義兄《にい》ちゃん』とか『お義兄様《にいさま》』とか呼ばれてみたかったのだが……。

ロリッ娘天使お姉ちゃんもあり、か？

「……君、お姉さんに思考を読まれていること忘れてないよね？」

「はっ⁉」

「ま、別に良いけどさ～。っと、そろそろか。君、もうちょっとこっち来た方が良いよ～」

「え？　な、なんでです？」

「あーもう、良いから良いから～」

「え、いや、ちょ、力強くない⁉」

アイルインが不意に立ち上がって、俺の腕を無理やり引っ張った。

思ったよりも腕っぷしが強く、俺は抵抗も虚《むな》しくアイルインが元々いた方に引き寄せられる。

しかし、アイルインは酔っ払い。

小柄でも人一人分、ましてや俺にしがみついている天使お姉ちゃんの重さを千鳥足で支えるのは無理だったらしい。

アイルインは俺の腕を摑《つか》んだまま転倒してしまった。

「おっとと、ごめんね～。――ありゃ」

「……意外と大きなものをお持ちで」

暗くて気付かなかったが、アイルインはとても大きなおっぱいをお持ちだった。

言っておくが、わざとではない。

転んだ拍子に何かに捕まろうとして、うっかりアイルインの大きなおっぱいを揉《も》みしだいてしまったのだ。

断じてわざとではない。ないったらない。

「こらこら、意外とは失礼な～。お姉さんこう見えてもスタイル良いんだゾ～」

近いからか、余計にお酒臭い。

でも、やっぱり近くで見るとアイルインは本当にアルカリオンによく似た綺麗な顔立ちをしている。

アイルインが無表情になったら、アルカリオンと瓜二《うりふた》つなのではないだろうか。

と、その時だった。

「ん。そろそろかな～」

そう言いながら、アイルインが俺と上下を逆転する形で覆《おお》い被《かぶ》さってきたのだ。

俺はビックリしてしまう。

「お、俺には婚約者がいるんですよ⁉」

「え？　あ、ちょ、違う違う‼　そういうつもりじゃなくてさ‼」

にへへ、とした笑みを崩し、慌てて弁明するアイルイン。

もしかして今のがアイルインの素だろうか。

「ん？　なんだ、この音……」

「ありゃりゃ、結構な速度で突っ込んでくるつもりだね～。後先考えないで行動できるのは、あの子の美点で欠点だな～」

アイルインがそう呟《つぶや》いた直後。

俺たちの乗っていた貨物車に何かが突っ込んできて、天井が破壊された。

塵《ちり》が煙のように舞い上がり、列車は急停車する。

どうやら今は夜だったようで、月明かりが車内に差し込んできた。

「グルルルル」

月の光に照らされて、巨大な影が浮かび上がった。それはこちらを向き、低い声で唸る。

やがて煙が晴れると、その巨大な影の正体が分かった。

ワイバーンである。

近くで見ると迫力が半端なくて、思わずチビりそうになるが……。

「あれ？」

俺はそのワイバーンに見覚えがあった。

「たしかローズマリーが乗ってる子だよな？」

「グルル!!」

最前線でローズマリーを治療しようとした俺の前に立ちはだかった、あのワイバーンである。

ということは。

「レイシェル、無事か!?」

俺の名前を呼びながら、そのワイバーンの背から絶世の美女が目の前に飛び降りてきた。

背後から差し込む月光に照らされて輝く真紅色の髪は美しく、どこか神々しい。

ローズマリーだった。

「あ、ローズマリー!! 迎えに来てくれたんだな!! ありが——むぐっ!? く、苦し……」

「良かった!! 無事だったのだな!! 心配をさせるな、馬鹿者!!」

「んほっ、や、柔らかい……っ!!」

ローズマリーに力強く抱きしめられて、大きなおっぱいに顔を埋められてしまう。

本当に柔らかい。でも少し苦しい。

「おうおう、お熱いね～。お姉さんが咄嗟に守ってあげなかったら、レイシェル君はワイバーンの下敷きになってぺしゃんこになってたのに～。そのお姉さんを無視するとはね

～？」

「⁉　どうしてアイルイン姉上が⁉　しかもその隣にいるのは、クリント姉上⁉」

あ、天使お姉ちゃんの名前はクリントって言うのか。

なんか名前まで可愛いな。

「っと、のんびりしてる時間はない‼　レイシェル、急いで帝都まで戻って母上を止めねばならん‼」

「え？　アルカリオンを？」

「緊急事態だ‼　移動しながら説明し――」

「ローズマリー‼」

俺はローズマリーの話を遮って、彼女を押し倒した。

――タンッ‼

軽快な炸裂音が響いた。

銃撃だ。

押し倒されたローズマリーは俺の突然の行動に耳まで顔を赤くした。

「ば、馬鹿者っ、今はこういうことをしている場合では――」

「違うから‼　別にエッチなことしようとは思ってないから‼　敵‼　敵が来てるの‼」

俺が指差した方向には、銃で武装した黒装束たちが数人いた。

拐った相手がいる貨物車にワイバーンが突撃してきたのだ。敵が様子を見に来ないはずがない。

「グルァ‼」

姿を現した黒装束たちに、主であるローズマリーを守ろうとワイバーンが襲いかかった。

黒装束の一人を噛《か》み千切り、そのまま二人目を噛みに行こうとした瞬間。

一人の黒装束の銃から発射されたダーツのようなものがワイバーンに当たり、ワイバーンはそのまま倒れてしまった。

ワイバーンが静かに寝息を立てていることから、麻酔銃か何かだろう。

あとで『完全再生』を使えば目を覚ますはずだ。

ワイバーンは血の一滴まで高く売れる。

俺たちを始末したら後でじっくり解体するつもりなのかもしれない。

「っ、貴様らがレイシェルを拐った賊どもか」

起き上がったローズマリーが俺を守るように前に出て、黒装束たちを睨みつける。

その鋭い眼差《まなざ》しは目を合わせた者を震え上がらせ、硬直させた。

ローズマリーは鞘《さや》から剣を抜き、構える。

「貴様らが何者かは問わん。どうでもいい。私の大切な男を拐った罪、この場で八つ裂きにして償わせてやる‼」

「ま、待って‼　ローズマリー‼　そいつらは――」

俺がローズマリーに銃の存在とその威力を説明する間もなく、彼女は黒装束たちに突撃した。

対する黒装束たちは感情的になり真っ直ぐ突っ込んでくるローズマリーを嗤《わら》い、勝利を確信しているようだった。

――タタタタタタンッ‼

黒装束たちが同時に引き金を引き、鉛弾の雨がローズマリーに襲いかかった。

このままではローズマリーが、死んでしまう。

嫌な想像をして心臓を締めつけられるような感覚に陥った、その時だった。

「ふん‼」

ローズマリーが力強く剣を振るう。

――キンキンキンキンッ‼

そんな、何かを弾いたような耳をつんざく金属音が貨物車全体に響き渡った。

俺は自分の目を疑う。

いや、正確には速すぎて目で見えていないのだが、直感的に何が起こったのか理解して、それを疑う。

「なんだ、今のは？　筒から鉄の塊を撃ち出しているのか？　ふん。奇っ怪だが、私には通じない」

あろうことか、ローズマリーは黒装束たちが放った弾丸を全て剣で打ち返してしまったのだ。

え、そんなことあるぅ？

「う、撃て‼」

黒装束たちは焦った様子で銃を乱射するが、その全てを弾かれ、斬られ、叩《たた》き落《お》とされる。

そうして黒装束たちに接近したローズマリーは、一切の躊躇なく黒装束たちを斬り殺した。


俺はハッとする。

黒装束たちは完全に死体へと変わり、息をしている様子はなかった。

人の死を目の当たりにして、少しだけ気持ち悪くなる。

……いや、仕方ないことだ。

敵は常にこちらを殺す気だったし、死ぬ覚悟もあったことだろう。

しかし、やはり人の死に対する嫌悪感というものが俺にはあるらしい。

何故かは分からない。

別にローズマリーが人を殺したことが怖いとか、そういうことを思っているわけではない。

ただ、目の前で人が死ぬことそのものに慣れない。

何年も戦場にいたのに……。

不思議だなあ。っと、呑気《のんき》に考えてる場合じゃなかった。

「ローズマリー、怪我はない？」

「ああ、問題ない。少し鎧《よろい》に傷が付いたくらいだ。それにしても、不思議な武器を使う連中だったな。私なら剣があれば対処できるが、並みの兵士では一方的にやられてたかもしれん」

かもしれん、じゃないよ。

確実にやられるよ。というか剣一本でどうにかできちゃうローズマリーの方が凄いんだよ。

「あーあー、全員殺しちまったのか？　ひっでぇ奴だなあ、オイ。お前にゃ人の心ってもんがないのか？」

「……まだ賊がいたのか」

黒装束たちに遅れて貨物車にやってきたのは、帝城で俺を襲ってきた黒装束の男女のうちの一人、男の方だった。

手にはアサルトライフルを持っている。

俺はさっきローズマリーが斬り殺した黒装束たちの顔を一人ずつ確認して、あることに気付いた。

「気を付けて、ローズマリー。あの男の他に最低でももう一人、女がいるはずだから」

そう、俺を撃ってきた女がいなかったのだ。

まだ来ていないだけか、どこかに隠れているのか、それとも最初から列車に乗っていないのか……。

それは分からないが、何事も警戒しておくに越したことはない。

ローズマリーは俺の言葉に頷いた。

「分かった。すぐに斬り捨てる」

剣を構えるローズマリー。

「ああん？　女のくせに調子乗ってんじゃねーぞ？　大人しく股を開いたら可愛がってやろうと思ったが、てめーは半殺しにした後でぶち犯してや――」

俺は無言で近くに転がっていた酒瓶を手に取って、姿勢を低くしたまま高速で接近、黒装束の男の膝を蹴り飛ばしてやった。

「え？　がっ⁉」

黒装束の男を転ばせたところでマウントポジションを取り、酒瓶で思いっきり頭をぶん殴ってやる。

酒瓶が割れ、破片が男の顔面に突き刺さり、大量の血が流れた。

「誰の女を犯すだって？　殺すぞ、糞野郎《くそやろう》」

「痛っ、て、てめ、何しやが――」

もう一発酒瓶で殴って男を黙らせる。

念入りに殴った二発目で完全に男は沈黙し、気絶した。

「レイシェルっ♡♡♡♡」

「え？　今のでときめいてるの？　お姉さん、さっきまでのほほんとしてたレイシェル君が急に雰囲気が変わってビビったんだけど。戦闘になると人が変わるんだね……」

アイルインが反応に困った様子を見せるが、気にしないことにした。

そりゃあ、俺だって最前線でのほほんと怪我人《けがにん》を治療してただけじゃない。それなりに修羅場は潜ってるし、やる時はやるってだけだ。

人が死ぬのは相手がゲスでも気分が悪くなるけど、逆に言えば死ななかったらあまり嫌悪感はない。

だから遠慮なく殴れるのである。

ローズマリーを犯すとか言いやがったこの男は、死なない程度にもっと殴っておこうか。

と、俺がローズマリーから離れたタイミングで。

――コロン。

それは、さっきまで貨物車内に響いていた銃の発砲音とは違う、何かが床を転がる音だった。

「む？　なんだ、これは？」

不用心にローズマリーが『何か』を手に取り、俺は『それ』を見て思わず叫ぶ。

「ローズマリー、捨てろ‼　手榴弾《しゅりゅうだん》だ‼」

「っ」

手榴弾が何かは知らずとも、俺の必死な形相を見て不味《まず》いものだと察したのか、ローズマリーは咄嗟にそれを放った。

しかし、少し遅かった。

至近距離で手榴弾が爆発し、ローズマリーが吹き飛ばされる。

手榴弾はかなり広い範囲に破片を飛ばし、敵を殺傷する。

俺も無事では済まない距離だったが……。

「ふーん。爆発して飛ばした破片で敵をズタズタにして殺す武器、か。えぐいね～、これを考えた人」

いつの間にか俺の前にアイルインが立っており、俺は無傷だった。

俺を守ってくれたのだろうか。

いや、というか何故アイルインは俺よりも手榴弾の近くにいて怪我一つしていないのか。

分からない。

分からないが、今はそんなことよりローズマリーだ‼

俺は手榴弾の爆発で生じた煙が晴れると同時にローズマリーに近づいて容態を確かめた。

「うっ、ぐぅ」

……死んではいない。しかし、意識は朦朧《もうろう》としているようだ。

怪我はあるが、竜人特有の頑強な肉体のお陰で致命傷ではなさそうだった。

手榴弾の破片も内臓には達しておらず、これならすぐ取り除いて問題なく『完全再生』で治せる。

でも、それを良しとしない者がいた。

「まさか今の距離で爆発しても死なないなんて。竜人というのは本当に頑丈なのね」

「っ、お前は‼」

どこから現れたのか、帝城で俺を撃った黒装束の女がいつの間にか立っていた。

俺は慌てず落ち着いて、女に日本語で話しかける。

『お前、日本人か？』

「……？」

俺の日本語に首を傾げる黒装束の女。

反応からして、この女は俺のような転生者ではないのだろうか。

いや、もしかしたら外国人転生者という可能性もあるのか？

どうしよう。

俺は生粋《きっすい》の日本人だし、学校の英語の授業はいつも寝てたから拙《つたな》い。

『わ、わっつゆあねーむ？』

「……？」

女はまたも首を傾げた。

駄目だ、英語が通じている様子もない。

ドイツ人やフランス人かもしれないし、もしかしたら俺の予想は外れていて、純粋なこの世界の人間かもしれない。

しかし、この世界の文明レベルからしてありえない現代兵器を見るに、俺のような前世の知識を持つ何者かが関わっているのは間違いない。

そいつが作った武器をこいつらに与えて、何かヤバイことをしようとしているのではないか。

考えても答えは分からず、俺はただ静かに黒装束の女を睨む。

すると、黒装束の女はローズマリーを見ながら呟くように言った。

「予定にはないけれど、第七皇女は計画の障害《しょうがい》になりかねない……。この場で始末するべきかしら？」

黒装束の女が拳銃を構える。

俺は咄嗟にローズマリーを守るように、彼女の前に立った。

すると、黒装束の女は面倒臭そうに溜《た》め息《いき》を零《こぼ》す。

「退きなさい。貴方《あなた》も殺す予定だけれど、それはもう少し後よ」

「うるせー」

俺は退かない。ローズマリーは殺させない。

「……分からないわね。貴方だって少しでも長生きしたいでしょう？　まさか好きだから、なんてくだらない理由じゃないでしょうね？　他人のために命を懸けるなんて馬鹿のすることよ」

「…………………よ」

「？」

俺の声が聞こえなかったのか、黒装束の女は首を傾げる。

なので今度は大きな声で言ってやった。

「悪いかよ⁉　ええ⁉　そういう理由で悪いかよ⁉」

「……」

「大好きですけど⁉　こんなおっぱいデカくてクッソエッロい美女に好意を寄せられて好きにならないわけがないだろうが‼」

意味が通じるかは分からないが、俺は黒装束の女に両手で中指を立ててやった。

「それとなあ‼ 他人？ 他人って言ったかテメー‼ ローズマリーは俺の女だよ‼ 俺は部下に舐められっぱなしのちゃらんぽらんだが、自分の女守るために命張らないほどヘタレになった覚えはねぇ‼ それで馬鹿呼ばわりされるなら馬鹿で結構‼ むしろ大馬鹿になってやらあ‼」

俺はさっき黒装束の男を酒瓶でぶん殴った時、奴の懐にあったのでこっそりくすねておいた拳銃を構えた。

黒装束の女に向かってその拳銃の引き金を引こうとした時。

「うあっ⁉」

黒装束の女は脚で俺の手を蹴り飛ばしてきた。

その拍子に拳銃を手放してしまい、反撃の手段を失ってしまった。

俺が一人であたふたしていると、黒装束の女は拳銃を拾い、その銃口を俺の額に突きつけてきた。

あ、やばい。

俺の『完全再生』は意識がある限り、たとえ首だけになっても発動することができる。

しかし、もし脳天を鉛弾でぶち抜かれてしまったらどうなるのか。

きっと『完全再生』は発動できないだろう。

脳を破壊されたら、意識は一瞬で暗闇の底に沈んでしまう。

死ぬ。

明確に死を予感し、ぐっと目を閉じた。

しかし、いつまで経っても俺は痛みを感じなかった。

「……？」

まさかもう撃たれていて、死んだことに気付いていないとか、そういうパターンだろうか。

そう思って恐る恐る目を開けてみると。

「……邪魔をしないことね。貴方と、そっちで眠っている子は本来の予定にない人物だから、殺すつもりはないわ。解放はしないけれどね。だから大人しくしてなさい」

「たはは、ごめんね～」

俺と黒装束の女の間に、アイルインが立っていた。

酒瓶を片手に持ちながら、千鳥足でふらふらしている。

「うちの妹の旦那さんが女のためなら引かないって男の意地を、せっかくカッコイイところを見せてくれたんだもん。ちょっとはお義姉さんとしてイカしてるとこ見せなきゃでしょ。それに」

「っ」

アイルインの目がゆっくりと開かれる。

「うちの妹に怪我させたんだ。生きて帰れると思わないでね？」

その目は黄金に輝いていた。

まるで全てを見透かしているような、不思議な力を感じさせる眼だった。

「そ、その眼は‼」

黒装束の女が動揺し、アイルインはけらけらと笑う。

「あ、知ってる感じ〜？　てことは君、『竜狩り』の関係者かな〜？　ま、どっちでも良いけどさ〜」

「っ、予定変更だ。貴様もここで始末する」

「たはは〜、殺意高くて笑える〜。あ、レイシェル君はローズマリーの治療してて。この子はお姉さんがどうにかするからさ〜」

「あ、は、はい‼」

俺はアイルインに言われるがまま、気を失っているローズマリーの治療に取りかかった。

それと同時に黒装束の女が動く。

「死ね‼」

明確な殺意を発する黒装束の女。相対するアイルインは。

「やれるもんならやってみろ、ってね〜」

にへへ、という酔っぱらいらしい笑みが消え、好戦的な笑みを浮かべていた。

黒装束の女は躊躇なく引き金を引く。

――タンタンタンッ!!

リズミカルで軽快な発砲音が響き、鉛弾がアイルインに襲いかかる。

俺はアイルインの実力を知らない。

ローズマリーのように弾丸を目視して剣で叩き斬るような人間離れした業が、アイルインにあるのだろうか。

もしできなかったら、アイルインを待っているのは死だ。

迫る弾丸を前にアイルインは一言。

「『それは当たらない』」

今まさにアイルインの命を刈り取ろうとしていた死神《しにがみ》の一撃は、まるでアイルインを避けるように弾道を歪《ゆが》め、彼女の髪を掠めて背後の壁に着弾する。

ちょうど俺の頭の真上だった。

あともう少し俺の身長が高かったなら、見事に脳天にクリティカルヒットしていただろう。

「うお!?　な、なんだ、今の!?」

「……アイルイン姉上の、魔法だ……」

「っ、ローズマリー!!」

ローズマリーの意識が戻ったらしい。

「レイシェルは、世界魔法というものを、知っているか?」

「え、いや、知らない。てか魔法自体あんま詳しくないから……」

「……そうか」

俺は基本的な魔法しか使えない。

マッチ程度の火を出したり、コップ一杯の水を出したり。

それ以上の、敵を攻撃するための魔法などは専門の知識が必要になってくる。

俺は父、つまりはアガーラム王国の前王の方針で赤ん坊の頃から半ば軟禁に近い環境で育った。

十五歳になってヘクトンに王位を奪われ、最前線に送られるまで読書ばかりしていたのだ。

それも読んでいたのは歴史書や語学書、恋愛小説ばかりで、魔導書なんて存在すら知らなかった。

今なら使える基本的な魔法だって部下に教えてもらったもので、魔法に関しては平民と同じ知識量しかないと思う。

「世界魔法というのは、世界の法則に干渉する魔法だ。物が上から下に落ちるように、日の光を浴びて植物が育つように。そんな当たり前の出来事を書き換えられる、それが世界魔法だ」

「え、その説明だけでもチートじゃない？」

「ちぃ？　よく分からないが、アイルイン姉上のそれは、世界魔法の中でも強力な『求める結果を招く』というもの。直接人の生死を操れたりはしないそうだが、『攻撃を当たらない』ようにするなら簡単らしい。と、以前アイルイン姉上本人から聞いた」

いや、ガチのチートじゃん⁉

俺はアイルインと黒装束の女の戦いに視線を戻し、その様子を見守る。

アイルインはニヤニヤと笑っていた。

「ほらほら～、そんなんじゃお姉さんは殺せないゾ～」

「っ、この、化け物め‼」

黒装束の女は拳銃の他にもアサルトライフルや手榴弾でアイルインの抹殺を試みる。

しかし、その全てが当たらない。

撃ったアサルトライフルの弾は途中まで真っ直ぐ飛ぶが、アイルインに近づくと軌道が逸れ、明後日《あさって》の方向に向かっていく。

手榴弾を近距離で爆発させても、破片は一つも当たらない。

「同じような攻撃ばっかでつまんないな～。でも、悪くない作戦だね。私の世界魔法は常

に膨大な魔力を消費する。下手に仕掛けず、時間を稼ぐのが最善。……本当につまらない。私を殺すなら直接かかってくるくらいの気概を見せてほしいな～。そしたら世界魔法、解除してあげてもいいよ～」

「っ、だったらお望み通りにしてあげる‼」

黒装束の女は弾切れしたアサルトライフルを捨て、ナイフを片手に素早く斬り込む。

すると、アイルインが身を捻って回避した。

どうやら宣言通り、アイルインは本当に世界魔法を解除したらしい。

黒装束の女はアイルインの喉元を狙い、鋭い一突きを放った。否、息吐く間もなくナイフを振るい、その全てが急所を狙ったものだった。

しかし……。

「な、なぜ当たらない⁉」

全ての攻撃が見切られて、躱《かわ》される。

黒装束の女に対し、アイルインは変わらずニヤニヤ笑いながら言った。

「うーん、そうだね～。視線とか、筋肉の動きとか、殺気とか、その他にも色々あるけど……」

アイルインは黒装束の女が振るったナイフの切っ先を摘まみ、そのナイフを手首ごと捻って絡め取る。

そのナイフを床に放り、黒装束の女を嘲笑した。

「単純に、君が弱いから」

「っ、ふざけ――」

「ほら、感情的になって隙だらけ。ローズマリーは油断してやられちゃったけど、君はあの子よりも弱い」

「あぐっ」

アイルインが拳を振るおうとした黒装束の女の懐に潜り込み、その胴体に掌底を打ち込む。

黒装束の女は肺の空気を無理やり押し出され、苦しそうに呻《うめ》いた。

「この、化け物、め」

「相手を罵倒するなら、もう少し語彙を増やした方が良いよ～。化け物化け物言われても、あんまり響かないからさ」

黒装束の女はその場で膝から崩れ落ちてしまう。気を失ったようだ。

圧倒的な実力差での勝利だった。

ローズマリーの身体能力といい、アイルインのチート級魔法といい、とんでもないな……。

「レイシェル、もう大丈夫だ」

「え？　あ、そ、そう。よかった」

アイルインの戦闘を見てる間にローズマリーの治療が終わった。

動きに問題はなさそうで、一安心だ。

すると、アイルインが酒を呷りながらふらふらとした足取りで、酔っぱらいらしいだらしない笑顔を浮かべながら近づいてきた。

さっきまでの好戦的な笑みは消え失せ、糸目に戻っている。

「ローズマリー、お姉ちゃんカッコ良かった～？」

「はい。普段からお酒を飲まないで真面目にしていたら、もっと素直に尊敬できるのですが」

「えぇ～!!　ねぇ、レイシェル君。今の聞いた～？　ローズマリーってばお姉さんの数少ない楽しみを奪おうとしてる～」

「わっ、ちょ!?」

「な、姉上!?」

アイルインが急に俺を抱き締めてきて、たしかな柔らかいおっぱいの感触が伝わってくる。

やっぱりデカイ!!　でもお酒臭い!!

「レイシェルから離れてください、アイルイン姉上!!」

「おっとと、安心しなよ～。レイシェル君は義弟になるんだし～。姉弟《きょうだい》のスキンシップだよ。別に取ったりしないって～。お姉さん、妹ばっかだから弟も欲しかったんだよね～」

「レイシェルはおっぱいの大きな女性に弱いんです‼　あまり誘惑しないでください‼」

なんだろう。紛れもない事実なんだけど、釈然としない。

なんて考えていると、アイルインが酒を飲みながらローズマリーに言う。

「そう言えばさ～。ローズマリー、なんか緊急事態とか言ってなかったっけ～？」

「あっ、そ、そうだった‼　レイシェル‼　急いで帝都に戻るぞ‼　アイルイン姉上もクリント姉上を抱えて乗ってください‼」

「え、あ、うん」

「はいはーい」

ローズマリーの焦り具合から察するに、よほどのことが帝都で起こったのだろう。

俺は事態を飲み込めないながらも、麻酔銃で眠っていたワイバーンを治療し、ローズマリーともどもその背に跨《また》がった。

なお、身長の関係で前からクリント、俺、アイルイン、ローズマリーの順だ。

膝の上に天使お姉ちゃんを乗せ、背後には酒臭いけどおっぱいの大きいアイルイン。

柔らかいものが俺の背に当たっている。

気絶している黒装束の男と女の身柄は遅れてやってきた竜騎士団の人たちに任せ、俺たちの跨がったワイバーンは空を舞った。

第五章　捨てられ王子は目覚める

時は僅かに遡る。

神聖ドラグーン帝国には、宰相として数百年前から帝国を支えている一人のハイエルフがいる。

その名はオリガ・フォン・バートラー。

長い銀色の髪と青い瞳が特徴的な、恐ろしく顔立ちの整っている絶世の美女だ。

仕事熱心ながら、周囲とのコミュニケーションも完璧で、男性からも女性からも熱烈なアプローチを受ける人物である。

普段は冷静沈着だが、事ある毎《ごと》に政務をサボろうとする女帝を連れ戻したりなど、苦労人気質《きしつ》なところもあるオリガは今――。

（まずいまずいまずいまずいまずいまずいまずいまずいまずいまずいまずいッ！！！！）

全身から冷や汗を流しながら焦っていた。

その理由は、今まさに玉座に腰かけながら静かに虚空を見つめている女帝、アルカリオンにある。

（まさか帝城に賊の侵入を許した挙げ句、陛下の夫となる者を拐《さら》われてしまうとは‼　陛下がブチギレ寸前だ‼）

時刻は真夜中。

気持ちよく眠っていたオリガは各方面に忍ばせている間者に叩《たた》き起《お》こされ、情報を受け取った。

オリガは慌てて飛び起きて、帝都に住まうハイエルフやエルフの同胞たちに急いで退去を命じ、民衆への避難勧告も独断で行った。

同胞や帝都民にとっては、まるで意味の分からない命令だったことだろう。

他国が帝都まで攻めてきたわけでも、自然災害に見舞われたわけでもないのだ。急に避難しろと言われても困惑する。

しかし、オリガは数百年に渡ってドラグーン帝国を支えてきた宰相だ。

その彼女の命令であるため、渋々ながらも多くの同胞や民が避難勧告に応じた。

それから帝城に登城したオリガが見たのは、感情を感じさせないアルカリオンだった。

オリガはアルカリオンと付き合いが長い。

だからこそ、アルカリオンが無表情なだけで決して無感情ではないということを知っている。

むしろ感情豊かで、お茶目なことを知っている。

オリガは一目見てアルカリオンが激怒していることが分かった。

心臓の鼓動が早くなるのをはっきり感じながら、オリガは恐る恐るアルカリオンに話しかける。

「あ、あの、陛下？」

「──坊やが拐われました」

「っ」

どこまでも冷たい声だった。

まるで心臓を鷲掴《わしづか》みにされているような、そのまま握り潰されてしまいそうな錯覚に陥る。

アルカリオンは淡々と己の心情を語った。

「いえ、坊やだけではありません。私の愛《いと》しい娘たちが、二人も、拐われました」

「陛下……」

「まだ坊や一人であれば、冷静でいられたかもしれません。しかし、アイルインやクリントまで拐われて冷静でいることは、私にはできないようです」

そう。

拐われたのはアルカリオンの愛する男一人ではなかった。

アルカリオンの娘たちのうち、第二皇女と第四皇女までもが賊に連れ去られてしまったのだ。

「私の宝が、三つも何者かに奪われました。これほどの怒りを感じたのは、何百年ぶりでしょうか」

「す、すぐに捜索の手配を――」

「不要です。すでに居場所を突き止め、ローズマリーを迎えに行かせました。竜騎士団の一部隊も出撃させましたので、直《じき》に坊やを拉致した賊どもを捕縛するでしょう」

あまりにも早い行動に、オリガは舌を巻く。

間者からの連絡で早急に事態を把握したオリガよりも動きが早い理由は、アルカリオンの眼《め》にある。

竜の眼。

それは森羅万象を読み取り、無限に分岐する未来の可能性すらも全て見通してしまう、神に等しい力を宿した黄金に輝く瞳。

しかし、そんな力があるなら、事前に誘拐を察知して未然に防ぐことができたのではないか。

そう思う者もいるかもしれないが、それは酷なことだ。

神は生物というよりも、ただの機械に近い。

完全な生物とは、感情を持たず、繁殖を行わず、あらゆる欲求を有しない。

だからこそ、アルカリオンは自ら不完全であろうとしている。

本来の力を解放すればするほど、アルカリオンは自我と呼べるものを少しずつ失ってしまうのだ。

故にアルカリオンは、常に自らの力の大半を封じた状態でいる。

たまに相手の感情を読み取ったり、私欲で能力を使うことはあるが、それも所詮は一時的な力の行使にすぎない。

その能力の制限が、今回は裏目に出てしまった。

(陛下がブチギレたら大陸が焦土と化す。いや、それで済めばまだいい方か。下手したら星が滅びかねない……。せめて、せめて苦しまずに死ねますように!!)

一人、心の内で神に祈るオリガ。

そんなオリガの心情を読み取ったのか、アルカリオンが口を開く。

「ご安心を、オリガ。昔のように大陸を滅ぼすまで暴れ回ったりするつもりはありません」

「……左様ですか」

「民を避難させたようですね」

「っ、か、勝手ながら、そうさせていただきました」

「良い判断です。以前は我を失って、何もかも滅ぼしてしまいましたから」

オリガの緊張が和らぐ。

少なくともアルカリオンには数百年前と同じように大暴れするつもりがないと知り、安心したのだ。

「もっとも、坊やを拐った賊と城内に賊を手引きした者は、一族郎党処刑しますが。——止めたりはしませんね？」

「っ、しょ、承知しております」

「それはよかった。貴女は家族も同然なので、殺したくはなかったのです」

言外に止めたら殺すと言われ、オリガは恐怖でぶるっと身体を震わせる。

「と、ところで、賊を城内に手引きした者についてですが……」

「把握しています。軍務大臣のゲースです。どうやら彼は軍事費を横領し、私腹を肥やしていたようですね。坊やの故郷、アガーラム王国との停戦がそのまま終戦へと続けば、他の国としている戦争も終わるかもしれないと判断したのでしょう。彼はそれが気に食わなかった」

すでに内通者と賊に協力する動機、犯行内容すらアルカリオンは見抜いていた。

「ゲースは坊ややアイルイン、クリント誘拐の罪をアガーラム王国に擦《なす》りつけることで戦争を再開したいようですね」

「ご、ご存知でしたか」

「ええ、今は全て視《み》えていますので」

アルカリオンはオリガを見ておらず、明後日《あさって》の方角をずっと眺めている。

今か、未来か、それとも過去か。

いつの時点のどこを視ているのかは分からないが、恐ろしいほどの情報量がアルカリオンには流れ込んでいるのだろう。

「ただ、不可解な点が一つ」

「何でしょう？」

「どうしても視えない場所があります。まるで全てを黒塗りにしたような……。ゲースは何者かに唆されたようですね」

「今回の黒幕がいる、ということですか？」

「視えませんが、おそらくは」

オリガが首を傾《かし》げた、その時だった。

空気を読めない禿《は》げ散《ち》らかした頭の肥え太った男が大広間に入ってきたのだ。

帝国の軍務大臣、ゲースである。

「ぐ、軍務大臣……」

オリガは頭を抱える。

よりによって今回の事件の犯人、賊を城内に手引きした男本人がいきなりやってきたのだ。

しかし、ゲースは自分が賊の協力者だとバレていることなど露知らず、アルカリオンの前で臣下らしく振る舞う。

「陛下‼　一大事でございます‼　レイシェル殿、及び第二皇女殿下、第四皇女殿下が拐われてしまいました‼　現場にはアガーラム製の魔導具の痕跡《こんせき》がありました故、奴《やつ》らの仕業でしょう‼」

（ああ、この阿呆《あほう》め……）

ドラグーン帝国の住民ならば、アルカリオンが全てを見通す目を持っていることを知っている。

しかし、それを本気で信じているのはオリガのような長命種のみだ。

ゲースは齢《よわい》五十過ぎの人間であり、アルカリオンが過去に大陸を滅ぼしたことがあることを知らない。

あらゆる嘘《うそ》や策謀がアルカリオンには通じないという話を、ゲースは全く信じていないのだ。

（この馬鹿は処刑でいいとして、問題はこいつを唆した黒幕か……。拷問でもしてどうにかして吐かせ、内密に処刑せねば）

ここ数百年。

アルカリオンの冷酷な一面を知る者はエルフのような長命種を除き、大きく数を減らした。

ドラグーン帝国は歴史上最も栄えている国。

アルカリオンが残虐な方法でゲースとその血族を処刑し、下手に民衆に恐怖を与えるのは得策ではない。

問題は内密に処理することでアルカリオンの機嫌が直るか否かだ。

オリガがゲースの処分を考えていると、不意に彼を見つめていたアルカリオンが口を開いた。

「『飲んだくれてばかりの無能な第二皇女』と『働かずに眠ってばかりの怠け者な第四皇女』は帝国に要らないから坊やとまとめて始末してしまおう、ですか」

アルカリオンの黄金に光り輝く瞳が、ゲースを真っ直ぐ射貫《いぬ》いていた。

一瞬、ゲースは何を言われたのか分からなくて本気で困惑したが、すぐにその意味を理解する。

しかし、ゲースは知らぬ存ぜぬを通した。

「な、なんの話でしょうか？」

「『あの女の誘いを利用して帝国のゴミを掃除。それを全てアガーラム王国のせいにしてしまえば、戦争を再開できる。戦争に乗じて儲《もう》けることができる。帝国には戦争をしてもらわなくては困る』」

「陛下、そ、それは……」

「何日か前、貴方《あなた》が考えていたことですよ。その『あの女』が何者かは視えませんでしたが、愚かなことをしましたね、ゲース」

名前を呼ばれ、ゲースはビクッと身体を震わせた。

アルカリオンは淡々と言葉を続ける。

「私は、公にバレない限りは戦争で懐を温める行為を咎《とが》めません。肯定もしませんが、人間はよくやることです。人間らしいとも言えます。ですが、私の夫と娘たちに手を出した。私の命よりも大切な宝に手を出した」

「お、お待ちを‼　ど、どうか話を――」

「『私は陛下のお望み通りに世界を統一するための手伝いがしたいだけ』、ですか」

「⁉」

言おうとしたことを先回りしてアルカリオンに言われ、硬直するゲース。

すると、アルカリオンはゲースを見下ろしながら言った。

「私が世界征服を目論み、世界を相手に戦争をしている理由を教えてあげましょう」

「え？」

「その方が、生き物らしいからです」

生き物らしいから。

別に世界を統一したいわけでも、他国を滅ぼしたいわけでもない。

ただ他者を支配する。そのために戦争をする。

そういう行為そのものを自らが実行することで、自分が生き物であると定義したいだけ。

人間ではない、超越生物であるが故の行動原理だった。

「私が戦争をしているのは、自分が自分でいるためです。長い時を生きていると、そういうことをしないと狂うのです。でも、最近は戦争より人間らしいことができるようになりました。恋です。愛です」

人は愛し合うことで人を作る。人は子を愛することで人を育てる。

それは支配欲よりも人間らしい行動だ。

だからアルカリオンは戦争を止め、愛を育むことを優先した。

アルカリオンは他者を、想い人《おもびと》を愛する以上に人間らしい行為を知らない。

戦争はもう必要ないのだ。

「そして、私の娘たちはただ生きているだけで私の存在する理由になります。それを、害した」

アルカリオンは玉座から立ち上がり、ゲースに近づいていく。

ゲースは己がどうなるのか、理解したのだろう。

青ざめた様子で必死に弁明するが、アルカリオンはコツンコツンと靴音を鳴らしながらゲースの前に立った。

「ま、待っ――」

そして、ゲースの首が胴体と分離する。

アルカリオンがゲースの首を、容赦なく手刀で刎ね飛ばしたのだ。

そして、静かにオリガに告げる。

「オリガ」

「は、はい」

「私は自分が思っているよりも成長していなかったようです。この男の顔を見たら、激しい憎悪で我を忘れそうになっています。我慢は無理そうです」

「……心中、お察しします」

「しばらくしたら暴れます。流石《さすが》にもう大陸を滅ぼしたりはしませんが、オリガは早急に帝都から避難するように」

オリガは頷《うなず》いた。

「承知しました」

「可能な限り早めに、三日ほどで怒りを発散する予定です。帝都は全壊するでしょう。それまで民衆は何人たりとも帝都に近づけさせないように。あと、その後の言い訳も考えておいてもらえると助かります」

「しょ、承知しました」

言い訳までこっち任せか、とは思ったが、オリガは口にしなかった。

オリガは帝城を慌てて脱出し、精霊魔法を使って各方面に指示を飛ばす。

精霊魔法。

それはエルフやハイエルフにのみ扱える長距離連絡に優れている魔法で、精霊を使役し、遠く離れている場所まで声を届けさせることができる代物だ。

民衆が混乱に陥らないよう、迅速に避難させるには軍の協力が必須。

その中でもワイバーンを駆り、空を舞う竜騎士団には国民からの絶対的な信頼があるため、不要なパニックを抑えることができる。

オリガは竜騎士団の団長であるローズマリーに、アルカリオンの暴走と竜騎士団の一部を動かす旨の連絡を飛ばした。

その直後。

帝都中央に聳《そび》える城を破壊し、体長数百メートルはあるであろう巨大な竜が崩れ行く帝城の中から姿を現した。

「ギュオオオオオオオオオオオオオオオオオオオオオオン

ッ！！！！」

純白の鱗《うろこ》を持つその巨大な竜は天を仰ぎ、ただの咆哮《ほうこう》で大地と大気を震わせる。

そして、口を大きく開いたかと思えば、膨大な魔力が集束した。

その次の瞬間。

カッと眩《まぶ》しい閃光《せんこう》とともに膨大な熱量を秘めた光線が天を貫き、夜を一瞬だけ昼に変えてしまう。

それは美しく、神々しかった。

破壊の神が、降臨した。

◇

ワイバーンは思ったより乗り心地《ごこち》がよかった。

羽ばたく瞬間はどうしても揺れるが、それを差し引いても空から見下ろす月明かりに照らされた地上は、絶景そのものだった。

その景色も、面白いように過ぎ去っていく。

この移動速度なら帝都などあっという間に辿《たど》り着《つ》いてしまうだろう。

何より楽しいのは、俺の後ろに座っているのがアイルインということだ。

むにゅ。むにゅもにゅ。ぷるるん。

たしかな柔らかいおっぱいが、俺の背中に押し当てられている。

酒臭いのは減点、と思っていたのだが、鼻が慣れてきたのか不快感はなくなってきた。

むしろ酔っぱらいな美人お姉さんのおっぱいの感触を楽しめるという意味では、満点をプレゼントしたい所存。

逆に申し訳ないのが、俺の前に座っているクリントである。

このロリ天使お姉さんはワイバーンの揺れでも目を覚まさず、ずっと静かに眠っているのだ。

だからというわけではないが、アイルインの柔らかさを堪能《たんのう》して大きくなってしまった俺のジュニアが当たってしまっている。

落ち着こうと深呼吸しても、クリントから甘い匂いがして悪化する始末。

下半身の収拾がつかない。

どうやってジュニアを静めたものか、などと考えていると。

「おい、レイシェル。何かやらしいことを考えているな？　それも私や母上ではなく、アイルイン姉上やクリント姉上だろう」

「ギクッ」

ローズマリーが鋭かった。砥石《といし》で丁寧に研いだ包丁よりも鋭い。

俺は必死に笑って誤魔化した。

「ま、まままさかあ」

「え～？　レイシェル君のスケベ～。お姉さんのおっぱいの感触、こっそり楽しんでたんだ～？　うりうり～」

「おうふっ、柔らかっ、って、違いますって‼」

からかうように言う俺の背中におっぱいを押し付けてくるアイルイン。やばい、好きになりそう。

すると、アイルインがローズマリーに聞こえないよう、耳元で囁《ささや》いてきた。

「お姉さんに正直に言えたら～、後でお姉さんのおっぱい、揉《も》ませてあげてもいいよ～？」

「――おっぱいの感触を楽しんでました‼　あっ」

「レイシェル。あとでお前には自分が誰の男か分からせてやる」

「あはは～、怒られてやんの～‼」

は、嵌《は》められた‼

俺が自白するように、アイルインに仕向けられた‼　くっ、純粋な男心を弄びやがって‼

……でも美人なお姉さんに弄ばれるのって、ちょっぴりゾクゾクするものがあるよな……。

ちょっとアイルインを好きになったかもしれない。

と、おふざけは程々にして俺はローズマリーから事情を聞くことにした。

「え、アルカリオンが暴走してる？」

ローズマリーから事情を聞いた俺は、その内容に驚いていた。

「ああ。レイシェルやアイルイン姉上、クリント姉上を拐われて怒りを抑えられず、真の姿を解き放って帝都で暴れているらしい」

竜人の真の姿ってことは、ドラゴンか何かだろうか。

しかし、アルカリオンがそこまで怒るとは。

俺もアルカリオンに愛され甘やかされている自覚はあったが、そこまで好いてくれているとは思いもしなかった。

正直ちょっと嬉《うれ》しい。

暴れているってのも、普段はクールなアルカリオンとのギャップを感じられて可愛《かわい》いな
……。

と、そこでアイルインが割って入ってくる。

「レイシェル君が想像してる何百倍も酷いと思うよ～。今頃は帝都が半壊してるんじゃないかな～」

アイルインは帝都で起こっている事態について、少し焦りを覚えているようだ。

そのせいかは分からないが、酒を呷《あお》る回数が減っている。

少し気になったので聞いてみることにした。

「アルカリオンの暴走ってどんな感じなんです？」

「あたしが子供の頃だったかな。ママったらパパを敵国の人間に暗殺されて、その国の人間を皆殺しにしちゃったんだよね～」

お、おう、かなり重い内容だった。

「民族浄化だ～つって、敵国の領土を住民や建物ごと踏み潰して、立ち向かってくる奴らはブレスで蒸発させる。一方的な虐殺だったらしいよ～」

「母上がそんなことを？　いや、大切な者を殺されて怒るのは当然でしょうが……」

「今よりバチクソ尖《とが》ってた時期だしね～。それ以外にも文明もろとも大陸を滅ぼしちゃったりしてるし。ママってほら、割と愛が重めで本質的にはお子様だからさ。自分の大切なものを奪われるとマジギレするの。今回は我慢できなくて暴れたくなっちゃったんだろうねぇ～」

そう、なのか。

俺にとってはアルカリオンって甘えられる存在だから、子供っぽいという評価は意外だ。

さすがはお義姉《ねえ》さん。

アルカリオンへの理解度が高いというか、分かりやすくて助かる。

お陰で俺のアルカリオンへの理解が深まるぜ。

そうこう話していると、地平線の向こう側に帝都が見えてきた。

「うわ、帝都が燃えてる⁉」

遠目から見ても分かるくらい、帝都の各所から無数の火の手が上がっていた。

その中心に、巨大な影がある。

数百メートルはあろうかという超大型のドラゴンだった。

純白の鱗に身を包んだ、帝城よりも大きな翼を有した四足歩行の竜。

その鱗は炎に照らされて紅《あか》く輝いており、燃え盛る帝都の中をズシンズシンと地面を鳴らしながら歩いている。

「な、何あれ⁉　超カッコイイ‼」

口から極太のレーザーみたいなブレスを吐き、かなり離れた場所にいるにもかかわらず、ここまで熱気が伝わってくる。

暴れ回るその姿は、まさに破壊神。

咆哮とともに迸《ほとばし》る黄金の魔力は大気を鳴動させて、見る者を畏怖させる。

純白のドラゴンってだけでも高ポイントだが、黄金の魔力を全身から放ちながらブレスを吐く様はあまりにもカッコイイ。

いやまあ、帝都は大炎上してるし、言ってる場合じゃないことは分かっているんだがな……。

でも、でもだ。

あの白竜は男の子なら多分全員憧れるビジュしてると思う。

「ぶふっ、あっはっはっ‼」

と、そこで何故《なぜ》かアイルインが吹き出した。ローズマリーが首を傾げる。

俺も疑問だ。何が面白かったんだろう？

「アイルイン姉上？　笑っている場合ではないと思うのですが」

「いや、だってさ～‼　ママのあの姿を見てカッコイイとか‼　普通ならビビって逃げ出すのに‼　こりゃママの夫に相応《ふさわ》しいわ‼」

どうやらアイルインのツボに入ったらしい。

義父認定、してもらえたということで良いのだろうか。

「てか、あの白い竜がアルカリオンなのか？」

「う、うむ。おそらくは。私は直接見るのは初めてだがな」

まじか。

ということはもしかして、ローズマリーも本気を出したらドラゴンに変身するのだろうか。

ローズマリーは髪が赤いし、真っ赤な鱗の王道デザインなドラゴンに変身したりする可能性があるのか。

気になる。超気になる。

「な、なんだ？　レイシェル、その視線は？」

「いや、ローズマリーもドラゴンに変身できるのかなって」

俺がそう言うと、アイルインが会話に割って入ってきた。

「それは無理だね〜。ローズマリーはドラゴンに変身できないよ〜。あれは純粋な竜人が永き時を経て成る姿、真なる竜だから。私らにはできないよ〜」

ローズマリーのドラゴン化を期待していた俺は、少しテンションが下がった。

「あ、そうなんだ……」

「な、何故かレイシェルの期待を裏切ってしまった気がする!!」

いやいや、そんなことはない。

ただローズマリーもドラゴンになったらカッコイイなと思っただけである。勝手に期待していた俺が悪い。

「しかし、どうしたものか……。完全に母上は暴走しているな」

「……俺が誘拐されたばかりに……」

俺が油断して拐われなければ、帝都が大炎上することもなかった。

と、そこでアイルインが俺の頭をポンポンと優しく撫《な》でてきた。

「それは違うよ～。悪いのはレイシェル君を拐った奴らであって、更に言うなら癇癪《かんしゃく》を起こしてるママ。君は何も悪くないって～」

そう言って微笑《ほほえ》むアイルイン。

ドキッ。

一瞬、心臓が高鳴るのを感じた。

理由は分からない。酔っぱらいが唐突に見せた優しさに絆《ほだ》されそうになったのだろうか。

それにしても、アイルインがアルカリオンに対してどこかトゲのある物言いをしているように感じられるのは俺の気のせいだろうか。

「アイルイン、アルカリオンのこと嫌いなのか？」

「ん～。嫌いって言うか、苦手？　接し方が分かんないんだよね～。別にママに原因があるわけじゃなくて、単に私が避けてるってだけだよ～」

何やら確執があるようだ。

「それよりも、今はママをどうやって正気に戻すかだね～。さっきは放置がおすすめって言ったけど、このままじゃ帝都が消滅しそうだし。どうにかして止めないと～」

「ここから呼びかけるとか？」

「上空から呼びかけても聞こえないだろう。近づいたら撃墜される危険性もある」

「だね～。今のママは無差別だ。レイシェル君だって気付かないよ～」

俺、ローズマリー、アイルインの三人で知恵を絞りながら考える。

「んー。よし、ならお姉さんの考えた作戦で行こ～」

「何か名案が？」

「あるよ～。ちょっと『視た』から大丈夫、成功率は高いから」

と、酒瓶の中身を呷りながらアイルインがニヤニヤ笑って言う。

ローズマリーは少し訝《いぶか》しそうに顔をしかめたが、アイルインの指示に従ってワイバーンを更に高空まで上昇させた。

すると、アルカリオンがこちらを向き、口を大きく開けて魔力を集束させ始める。

もしかしなくてもブレスの予備動作だろうか。

「ギュオオオオオオオオオオオオオオオオオオオオオオオオオオオオオオオオオオンッ！！！！」

「ブレス撃ってきそうじゃない⁉」

「まあ、今のママからしたら頭上を飛んでる羽虫だろうからね～。邪魔だから消し飛ばそうとしてんでしょ～」

「っ、回避する‼　レイシェル、振り落とされるなよ‼」

ワイバーンが空中でロール機動を取った。

視界がぐるぐる回り、ちょっと吐きそうになるが、必死に堪える。

その刹那、閃光が俺たちの頭上を通過した。

「熱っ、髪の毛焦げたんだけど⁉」

「たはは～、ママってば容赦なくて笑える～」

「笑っている場合ですか‼　くっ、もう二射目の予備動作に入った‼」

アルカリオンは連続でブレスを放った。しかし、今度は極太のレーザーではない。

細いレーザーが、あらゆる方向に向けて不規則な軌道を描きながら無数に放たれたのだ。

そういうブレスも吐けるんだ⁉　凄《すご》いな⁉

「うおおおおおおおおおおおおおおおおおおおおおおおおおおおおッ！！！！」

ローズマリーがワイバーンの手綱を器用に操りながら、アルカリオンの放ったブレスを全て躱《かわ》す。

当たりそうになったブレスは――。

「『それは当たらない』」

アイルインが世界魔法で軌道を逸《そ》らし、辛《かろ》うじて回避する。

しかし、アイルイン曰《いわ》くアルカリオンの吐くブレスは特殊らしく、一発逸らすだけでも大量の魔力を消費するらしい。

そう長くは保たないそうだ。

「アイルイン姉上、ここからどうするのですか⁉」

「もうちょっとママに近づいて～」

「無茶を仰りますね⁉」

「姉のわがままを聞くのは妹の役目なのだよ～」

アルカリオンの乱射レーザーブレスを器用に回避しながら、ワイバーンは更に彼女に近づいた。

眼下には炎上する帝都と、その帝都を闊歩《かっぽ》するアルカリオンの姿。

それでもまだまだ高い位置だ。

アイルインはここから何をするつもりなのだろうか。

「んじゃ、いってら～」

ドンッ‼

「「え？」」

視界が真っ逆さまになる。

俺もローズマリーも理解が追いつかず、硬直してしまった。

心なしか、ローズマリーが騎乗しているワイバーンまで目を見開いて驚いている気がする。

その場で落ち着いていたのはニヤニヤ笑っているアイルインと、今もすやすやと気持ちよさそうに眠っているクリントのみ。

俺はアイルインに突き飛ばされ、空中に放り出されてしまったのだ。

え？　え？　落ちるじゃん？

「うわあああああああああああああああああッ！！！！　何すんだこんの酔っ払いいいいいいいいいいいいいッ！！！！」

俺は前世も含めて、初めてのスカイダイビングを経験する。

しかもパラシュートなしだ。

ローズマリーは慌ててワイバーンを降下させ、俺をキャッチしようと試みるが、俺の落下速度の方が速かった。

やばいやばいやばいやばい。

地面に落下する瞬間に『完全再生』を使えば何とかなるだろうか。

いや、無理。絶対に無理。

頭から落ちたら意識は一瞬で暗闇の中に消えるだろうから、『完全再生』は発動できない。

やるなら足から着地する必要がある。

いや、仮に足から着地しても衝撃で脳にダメージが入ったらどうなるか分からない。

足から着地して、意識が消える前に『完全再生』を使ってみるか？

落下は今まで経験したことがないから、どうやったら死ぬ前に怪我《けが》を治療できるのか全く分からない。

……もしかして、詰みか？

「ちっくしょー。あの酔っ払い、絶対に祟《たた》ってやるぅ‼」

俺は恨み言を吐きながら、地面に向かって落ちていく。

と、その時だった。

「ギュオオオオオオオオオオオオオオオオオオオオオオオオオオオオオオオオオン
ッ！！！！」

大気を震わせる咆哮が轟《とどろ》いた。

ちらっと下を見れば、アルカリオンが俺に向けて口を大きく開き、ブレスを放つ予備動作に入っているではないか。

アカン。

落下死する前にアルカリオンのブレスで蒸発してしまう。

いや、待て。

アルカリオンがブレスを放つよりも、俺が落ちる速度の方が速くない？

そう思った瞬間、俺はアルカリオンの口の中に見事に落ちてしまった。

「ギュオン⁉」

アルカリオンも異物が口に入ってきたことに驚き、ブレスを中断して口を閉じてしまった。

「え、ちょ、食べられ――」

ぱくっ。

視界が一瞬で真っ暗になってしまう。

どうやら俺はアルカリオンに食べられてしまったらしい。

性的にではなく、物理的に。

しかし、まだ生存の可能性が出てきた。落下死やブレスの蒸発は駄目でも、咀嚼《そしやく》ならギリ大丈夫かもしれない。

こうなったらしぶとく『完全再生』で生き残り、アルカリオンが正気になるまで噛《か》まれ続けてやる。

アルカリオンを夫殺しの女にさせてたまるか。

気分的には歯茎の隙間に挟まった野菜の繊維や肉の筋みたいなモンだがな!!

「……って、あれ？　中々噛まないな……」

彼女の口の中で過ごすこと十数秒、いつまで経っても咀嚼する気配はない。

唾液でぬるぬるしていて温かいだけ。

というか、アルカリオンの舌がちょうどいい柔らかさだ。

程よい温度も相まって、少し眠くなってきた。

「……ふむ。冷静に考えてみると、今の俺ってアルカリオンの口の中なんだよな……」

ちょっと想像してしまう。

竜人の姿の、白髪金眼の高身長爆乳無表情ママな美女の口の中で舐《な》め回《まわ》されているイメージを。

うわ、やっべー。興奮してきたな。

「ん？　おわっとと⁉」

しばらくして、俺は急に吐き出された。

それも空中ではなく、丁寧に地面の近くで、優しく下ろすような感じで。

見上げた空はいつの間にか白み始めており、太陽が瓦礫《がれき》の山と化した帝城の向こう側から顔を覗《のぞ》かせようとしている。

帝都の火災も消え、静かな朝がやってきた。

「綺麗《きれい》な朝日だ……」

「……坊や」

「うわ⁉　あ、なんだ、アルカリオンか」

アルカリオンの声が聞こえて振り向くと、そこには巨大な竜のままの彼女がいた。

俺の目線の高さに合わせようとしているのか、行儀よく座っている。

アルカリオンはゆっくり頭を下げた。

「申し訳ありません。坊やには迷惑をかけてしまったようですね」

見た目が巨大な竜だからか、頭を少し下げるだけでも迫力が出ている。

近いから余計に。っと、そうじゃなくて。

「別に迷惑なんて……。俺の方こそ心配かけちゃってゴメン」

俺もアルカリオンに頭を下げる。

「坊やが謝る必要はありません。坊やの危険を事前に察知できなかった、こちらに非があります。何かお詫《わ》びをさせてください」

「……お詫び……」

俺はちょっと考えてから、口を開く。

「じゃあお願いしたいことがあるんだけど……」

「なんでしょう？　私にできることであれば、何でもやりましょう。坊やが世界を望めば、速やかに世界を征服しますよ」

「いや、世界は遠慮しとく」

世界とか貰《もら》っても扱いに困るだけだ。

なら俺がアルカリオンに頼みたいものは何か、だって？

「こ、今度ローションプレイとか、どう？」

思ったよりもアルカリオンの口の中がぬるぬるで心地よく、目覚めてしまった。

可能なら是非、ぬるぬるアルカリオンとぬるぬるローズマリーに挟まれてぬるぬるプレイがしたい。

俺の引かれてもおかしくない要求に対し、アルカリオンは一言。

「坊やがそれを望むなら、いくらでも」

よっしゃあ‼

美人母娘《おやこ》のぬるぬるハーレムプレイとか最高すぎるだろ‼

くっ、今から下半身が疼《うず》くぜ‼

エピローグ

アルカリオンが怒り狂い、我を忘れて帝都で暴れてから数日が経《た》ち――。

「ふぅ。ダンカン、今の人で治療は最後か？」

「うっす。流石《さすが》は殿下、原理は全く分かんないですけど、瀕死《ひんし》の人間から老人の腰痛まで治せるとか異常っすね。まじ意味分かんねー」

「褒められてるよな？　喧嘩《けんか》売られてるわけじゃないよな？」

帝都は半壊したが、宰相の美人ハイエルフさんがあらかじめ民衆を避難させていたお陰で、人的被害は皆無だった。

建物の倒壊や火災に巻き込まれて重傷を負った者も少なからずいたが、死者は一人もいない。

その少なくない重傷者も俺の『完全再生』やダンカンたちの治癒魔法で今はピンピンしている。

そして、その重傷者たちの治療も今日で全て終わった。

ダンカンが窓から帝都を見下ろし、どこか諦めたような目で呟《つぶや》く。

「帝国民ってパネェっすね。十日足らずで城を建てるわ、街は半分復興するわ、まじかよって感じです」

「……だな」

帝都は確かに半壊した。

しかし、半壊した帝都はすでに元の形に戻りつつある。

ドラグーン帝国は元々多民族国家だ。

エルフやドワーフ、獣人を始め、他ではあまり見ない種族もいる。

彼らが力を合わせると面白いように街が元通りになっていった。

何より大きいのはワイバーンの存在だろう。

ワイバーンは一度に大量の物資を輸送することが可能だからな。

また、地球でのブルドーザーやロードローラーに相当する地竜もいるため、復興は本当に早かった。

俺は地球で同じことが可能かと考えるが、多分無理だと思う。

だって帝都の民は一人も休まない。

子供ですら小さな瓦礫《がれき》を運び、力自慢の者は家を建て、そうでない者は飯の用意や洗濯をする。

三日も経たずして帝国の各地方から商人や職人が集まり、全力で復興支援に当たっているのだ。

非常事態に際し、国民が一致団結している。

「いい国だなあ」

「まあ、そうっすね。……それはそうと、殿下」

「なんだ？」

「殿下を抱っこしてナデナデしてるそちらの美女は誰なんです？」

「……誰なんだろうなあ」

俺は今日、というかここ数日ずっとある人物に抱っこ&ナデナデされていた。

その人物は二メートルを優に越える身長の絶世の美女。純白の髪と黄金の瞳の、まあ要するにアルカリオンである。

しかし、ダンカンはアルカリオンとの面識がないため、帝国の女帝だと気付いていない。

毎日のように会ってるから忘れがちだけど、女帝なんてポンポン会える存在ではないからな。

気付かないのも無理はない。

「まあ、気にしなくていいよ。それよりダンカン、恋人が待ってるんだろ？　怪我人《けがにん》の治療も終わったし、会いに行ってこいよ」

「じゃあ、遠慮なくそうさせてもらいます」

ダンカンは俺にペコリと一礼してから、足早に部屋から出て行った。

「で、アルカリオンはいつまで俺を抱きしめながらナデナデするの？　いや、その、気持ち良いから良いんだけどさ。いい加減ハゲないか不安なんだけど」

食事も睡眠も、政務を行う時ですらも俺を抱っこしているのだ。

そして、めっちゃナデナデしてくる。

あまりにもナデナデしてくるので、ぶっちゃけハゲそうで心配なのだ。

それと言うのもアガーラムの先王、つまりは俺の父親はハゲだった。

遺伝子的には将来ハゲることを否定できないのだ。

……いや、大丈夫だと信じたい。

俺は最前線で十分な栄養を摂《と》れなかったからか、身体の成長は今も止まっているし、きっと大丈夫なはず。

でもやっぱり心配だな……。

効果があるかは分からないが、『完全再生』で毛根も治せるように練習しておこうかな。

アルカリオンは俺のハゲに対する不安を知ってか知らずか、より強く俺をギュッと抱きしめた。

「ダメです。坊やにはあと百年ほど私の腕の中にいてもらいます」

「お、おお、ハゲるどころか骨になっちゃう」

「私は坊やがハゲようが、骨になろうが坊やを愛しますよ」

それは嬉《うれ》しい気もするけど、しっかり埋葬してほしいところだ。

とまあ、こうして俺がアルカリオンに撫《な》でられながら過ごしていると、ローズマリーが部屋に入ってきた。

「母上、この書類にサインを――母上」

「何ですか、ローズマリー？」

「レイシェルを手放したくないのは分かりますが、いい加減にしてください‼　流石にトイレやお風呂まで一緒に行くのはやりすぎです‼」

「坊やも喜んでましたし、ローズマリーもノリノリだったではありませんか」

「そ、それはまあ、そうですが……」

あ、ハイ。最高でした。

最近のブームは、個室トイレのような狭い空間でローズマリーとアルカリオンに挟まれながらする、ぬるぬるローションプレイです。最高です。

なんかこう、背徳的なの。すっごく興奮するの。

ローズマリーは最初こそ恥ずかしがっていたが、アルカリオンが俺を独占してイチャイチャしてるのを見て対抗心を燃やしてきたらしい。

嫉妬したローズマリーのエッチは乱暴かつ大胆だった。

俺を自分のものだと主張するような、激しい腰使いにはアルカリオンも感心していたね。

身も心もローズマリーのものにされる、そんな感じのエッチだった。

おっと、具体的なエッチの内容は教えないぞ。この記憶は俺の宝物だからな。

ただ嫉妬したローズマリーが可愛《かわい》くて、ドスケベだったとだけは言っておこう。

3P最高。

「して、ローズマリー。帝都の様子は如何《いかが》ですか？」

「兵も民も、皆がよく働いています」

「情報操作の進捗は？」

「……一応、順調です」

ローズマリーが視線を逸《そ》らしながら、少し思うところがあるように頷《うなず》く。

今回、当然ながら何も知らない民衆は突如として帝都の中心に姿を現した純白の巨竜について詳しい説明を求めた。

帝都の民はエルフのような長命種を除き、純白の巨竜がアルカリオンということを知らなかったらしい。

竜の正体を知る長命種に対しては宰相が箝口令《かんこうれい》を敷いたが、帝国を支える大臣らは頭を抱えた。

仮に女帝がブチギレて帝都を半壊させたと馬鹿正直に発表したら、今度は帝国民がブチギレる事態に陥るだろう。

何も知らぬ民への言い訳を大臣らが必死に考えていた、その時。

アルカリオンはあっけらかんと言ったのだ。

『軍務大臣が反乱を起こそうとし、邪悪な竜を目覚めさせ、帝都を破壊しました。全て奴《やつ》が悪いのです』

ちなみに原文そのままである。

要は諸々の出来事を、俺を誘拐した犯人を手引きしたゲースのせいにしてしまおうということらしい。

ゲースはアルカリオンが既に処刑したそうで、まさに死人に口なし。

実際はゲースの他にも彼を唆した計画犯も存在するとのことで、全てが解決したとは言えない状況だが……。

しかし、帝都の民は女帝の言葉を信じた。

ゲースが好戦派の筆頭であり、軍事費を横領していた事実がアルカリオンの言葉を後押しする形になったのだ。

いつもアルカリオンの近くにいるハイエルフの宰相が「こ、こいつ、やりやがった‼」と、信じられないものを見る目でアルカリオンを見ていたな。

ローズマリーは正義感が強いのか、ゲースがやったことは許せないが、ゲースのしていないことまでやったことにされたことを可哀想《かわいそう》に思っているらしい。

まあ、気持ちは分かる。俺はゲースに同情しないがな。

あんなハゲデブのことより、エルフの宰相さんだ。前々から美人だとは思っていたが、近くで見たらもっと美人だった。

おっぱいの大きさは少し控えめだけど、仕事ができるキャリアウーマンって感じ。

今度お話ししたい。

「――エル、レイシェル‼」

「うぇ？　あ、ごめん。聞いてなかった」

「……また私や母上以外の女のことを考えていたな」

「ギクッ。ち、ちち違うよ？」

ローズマリーが最近鋭い。

「で、何の話だっけ？」

「アイルイン姉上の話だ。またふらっとどこかに行ってしまってな。知らないか？」

「アイルイン？　いや、知らないよ」

ローズマリーの話によると、アイルインは放浪癖があるらしい。

定期的に帝都に帰ってくるが、帝城には顔を出さず、城下の酒場で飲み歩き、借金やツケを踏み倒すことがままあるそうだ。

「どうも帝国各地の酒場で酒代を踏み倒していたようでな。さっき無数の請求書が届いたのだ」

アイルイン、おっぱいの大きい美人だけど、ロクデナシだな。

ローズマリーがアイルインを捜していたのは、彼女にお金を請求するつもりだったのか。

「いや、絶対お金持ってないでしょ、あの人」

「それがそうでもなくてな。アイルイン姉上はあれで冒険者として成功していて、資産は凄《すさ》まじい額になっているはずだ」

「なのに借金踏み倒してるの⁉」

ある意味凄いな、それは。

なんて考えていた、その時だった。ノックもなしに勢いよく扉が開かれる。

扉の向こう側にいたのは、ダンカンを含めた俺の部下たちだった。

「「「「で、殿下‼　い、一大事ですよォッ！！！」」」」

「うおっ、びっくりした。ど、どうしたんだ、お前ら？」

ダンカンたちは慌てているようだった。いや、というか怯《おび》えている？

俺は部下たちを落ち着かせて、事情を聞くことにした。

「オ、オレ、恋人に今日の予定ドタキャンされたんですけど、ちょうど皆の仕事が一区切りついたんで一緒に飯食いに行こうって話してたんです‼」

「おい、俺も誘えよ。寂しいだろ」

「やですよ‼　殿下じゃんけんで負けた奴に奢《おご》らせるじゃないですか‼」

「お前らが俺に奢らせようとするからな」

「って、そうじゃなくて‼　飯屋で見たんですよ‼　あの人を‼　殿下のこと捜してたんですよ‼」

「あの人……？」

要領を得ないダンカンたちの説明に、俺は首を傾《かし》げる。

「あの人って誰？」

「ああもう‼　あの人ですよ‼　あの――」

と、ダンカンが『あの人』とやらの名前を言おうとした時。

イエローナが開発し、帝城に新たに設置された警報装置がけたたましく鳴り響いた。

兵士や騎士が「侵入者だーッ‼」と大声を張り上げている。

え？　また賊？　ちょっと帝城、侵入されすぎじゃない？　一回目はアルカリオンが刺客に襲われてるし、二回目は俺が拉致されるし。

しかし、今回は諸々の警備の脆弱性《ぜいじゃくせい》を改善した上で侵入されている。

それほどの手練《てだ》れということだろうか。

ドーン‼　という大きな破壊音と振動が響いてきて、俺は警戒する。

少しずつ音が近づいてきたのだ。

また俺が狙われている？　いや、アルカリオンが狙われている可能性もまだ捨てきれないか。

まあ、どちらにせよ大丈夫だ。

今度はローズマリーもアルカリオンもいるし、もう賊に拐《さら》われるようなヘマはしない。

と、そこで何故《なぜ》かダンカンたちが慌て始める。

「うわ‼　来た‼　来やがった‼　付けられてたのか⁉　で、殿下、隠れて‼　あんたが一番隠れて‼」

「な、なんだよ？　何をそんなに怖がってんだ？」

「あいつですよ‼　殿下の元婚――」

その刹那。

――ドゴーンッ！！！！

ドアを開けないで部屋の壁をぶち抜き、誰かが入ってきた。

せっかく作り直された帝城の壁が木《こ》っ端微塵《ばみじん》に破壊され、土煙が舞う。

その土煙の向こう側に、人影があった。

「ちょっと失礼しますわね‼」

そう言いながら入ってきたのは、人形のように美しい女性だった。

長くて綺麗《きれい》な黄金の髪を縦ロールにした、抜群のスタイルの美女。

俺はその顔に見覚えがあった。

以前は慎《つつ》ましかった胸が、服がはち切れんばかりに大きくなっている。ローズマリーやアルカリオンほどではないにしろ、破壊力が増していた。

腰はキュッと細く締まっており、お尻は安産型で肉付きがいい。太ももムッチムチだ。

乗馬服のような身体のラインが出るピッチリとした服を身にまとい、腰には一本のレイピアを携えている。

ダンカンの言っていた『あの人』が誰か、ようやく理解した。

最後に会ってからそれなりの時間が経っているし、大きく成長して容姿も変わっているが、俺が見間違えることはない。

アンドレッド公爵家の長女であり、アガーラム王国で知らない者はいない稀代《きたい》の問題児。

王国決闘大会で各部門を総ナメにした天才であり、野生のドラゴンを拳《こぶし》で殴り殺してしまうバーサーカー。

そのくせコミュニケーション能力が高く、彼女を慕う者は多かった。

一部には熱狂的な信者がおり、彼女を王にしようとする派閥まで誕生してしまったほどの圧倒的カリスマ性。

何故か俺は、そんな彼女に幼い頃から好意を向けられていた。

「こちらからレイシェル様の匂いがしましたわ‼」

俺がアガーラム王国に捨てられたため、ヘクトンの新たな婚約者となったはずの人物。

俺の元婚約者、エリザ・アンドレッドその人である。

番外編

これは、俺が最前線で戦っていた時のお話

「よし、お前ら。風呂作るぞ」

「「「「はあ？」」」」

俺が何の前触れもなく言うと、与えられたテントの中でトランプに興じていた部下たちはめっちゃ嫌そうな顔をする。

今日は兵站《へいたん》の都合で王国軍側は出撃しなかった。

出撃しなかったということは、毎日前線部隊に同行して危ない治療行為に奔走している第四衛生兵部隊も活躍の場がない。

帝国軍側の攻撃はあったが、前線指揮官の采配でほぼ無血の撃退に成功。

他の衛生兵部隊で十分に治療が行える状態だったため、普段から死線の上で反復横跳びをしている第四衛生兵部隊は半日の休暇を与えられた。

まあ、休暇と言えば聞こえはいいが、要はテントで仮眠を取る時間だ。

……にもかかわらずトランプに興じているうちの部下たちは豪胆というか何というか、

笑える。

どうやら部下たちは眠るつもりがないようなので、今回は俺のわがままに付き合ってもらおうという次第だ。

優秀な部下たちである。

きっと俺の命令も喜び勇んで従ってくれるに違いな――。

「「「嫌っす」」」

嫌そうな顔をするどころか、ハッキリ嫌って断言しやがった。

しかし、俺は諦めない。

「まあまあ、待てよお前ら。まずは俺の話を聞いてくれ。これは割と真面目《まじめ》な話なんだよ」

俺が真剣に言うと、部下たちは顔を見合わせて手を止めた。

大きく息を吸い、俺は腹に力を込めて叫ぶ。

「なんか‼　汚い‼」

「……あっ。オレ、ロイヤルストレートフラッシュだ」

「「「何ぃ⁉」」」

「ちょ、お前ら俺を無視すんな‼」

部下の一人、副隊長であるダンカンがポーカーでロイヤルストレートフラッシュを出したらしい。

凄《すご》いけど‼　俺も見たいけど‼

「本当に真面目な話だから‼」

「お、またロイヤルストレートフラッシュだ」

「ええ⁉　ちょ、ダンカン副隊長、絶対にイカサマしてるでしょ⁉」

「してねーよ。オレ、昔から謎に運がいいんだよなあ」

「おいコラ、無視すんなって‼　泣くぞ‼　元王子を泣かせてタダで済むと思うなよ‼」

「お、やった。またロイヤルストレートフラッシュだ」

「わああああああああー！！！！」

大声で叫ぶも、部下たちは意に介さない。

「くっそ、また副隊長の一人勝ちかよ‼」

「もう二度とアンタとカードはしねぇ‼」

「絶対にイカサマやってる‼」

「だからイカサマじゃねぇって。っと、そろそろ殿下が本気で泣きそうだから真面目に聞こうぜ」

「「「あっ」」」

別に泣きそうではない。ちょっと降ってきた雨が顔にかかっただけだ。

え？　ここはテントの中だろ、だって？

雨漏りが酷《ひど》いんだよ。

「で、いきなりどういうわけなんです？」

「あ、ああ。俺が最前線に来てからもうそれなりに経《た》ったけど、これは問題だと思ってさ。

――本当に汚い。血とか土とか、汚い」

「はあ、それが何か？」

「え？」

「「「え？」」」

部下たちが首を傾《かし》げる。俺も首を傾げる。

「え？　嫌じゃないの？」

「まあ、好きではないですけど。戦場なんてこんなもんでしょうよ」

「てか『フロ』ってなんです？」

「……風呂を、知らない？」

俺はここで初めて気が付いた。

このアガーラム王国にはお風呂、浴槽という概念そのものがなかったのだ。

いや、薄々分かっていた。

幼き頃の俺は、王族ならさぞ大きな浴槽に浸《つ》かれるだろうと思っていた。

しかし、違ったのだ。

王城では毎日俺の侍女が桶《おけ》に温かい湯を入れて持ってきて、タオルで身体を丁寧に拭いてくれていた。

赤ん坊の頃はお風呂で溺れてはならないからだと思っていたが、いつまで経っても風呂に入れる気配はない。

ようやく風呂場と思わしき場所に案内されたら、俺を待っていたのはジョウロみたいなシャワーだった。

魔力を流すとぬるい水が出てくる、なんちゃってシャワーだったのだ。

浴槽はなかった。

やがてこちらの常識に慣れ、シャワーはあっても浴槽がないことは気にしなくなっていた。

でも、最前線という土と血で汚れる場所に身を置いて、心の奥底に秘めていた想《おも》いが溢《あふ》れ出してしまった。

すなわち――。

「風呂に入りたい」

温かいお湯に肩まで浸かりたい。

しかし、この世界には浴槽の概念すらなかった。

貴族は石鹸《せっけん》こそ使うが、タオルで身体を拭き、髪を洗うだけ。

浴槽には沈まない。そもそも浴槽がない。

まさにカルチャーショック!!


「──るぞ」

「「「え？」」」

「作るぞ!! 風呂を!! お前らに日本文化を教えてやる!!」

「「「にっぽん……？」」」

元々風呂を作るつもりだったが、俄然《がぜん》やる気が湧いてきた。

俺は懐から一枚の書類を取り出す。

「なんです、それ」

「風呂を作る許可証だ。将軍にお願いしたらオッケー貰《もら》った」

「将軍がまた殿下を甘やかしてる……」

「まあ、将軍からしたら殿下って初恋の女性の子供ですからねぇ。多少はわがままも聞いてあげたくなるんでしょうよ」

ああ、そうそう。

最前線で兵を率いて戦っている将軍は、俺の母親のことが好きだったらしい。

しかし、当時の将軍はまだ結婚できる年齢ではなかった上、母は王家に嫁ぐことが既に決まっていたのだとか。

俺からすると気前のいい近所の兄ちゃんって感じなのだが、向こうは俺に母を重ねているのかもしれない。

まあ、そんなことはどうでもいい。

「よし、行くぞお前ら‼」

「はあ、せっかくの休憩時間が……」

「諦めろ。殿下のわがままは今に始まったことじゃないだろ」

「ま、見ていて飽きないからいいんだけどな」

というわけでやってきたのは、森の奥地。

木々が鬱蒼《うっそう》と生えており、とても風呂を設置できるような広さはない。

ならばどうするのか。

「ははは、森林伐採は気持ちいいな‼　ビバ、環境破壊‼　お前ら、まずは木を伐り倒せ‼」

「「「「へーい」」」」

やる気のない返事をしながらも、素早く魔法で木々を伐り倒すダンカンたち。

切り株は土魔法で掘り返して撤去。

縦五メートル、横五メートル、深さ一メートルほどの穴を作った。

これが浴槽になるわけだ。

あとはここに温かいお湯をぶち込めば簡易お風呂が完成するわけだが……。

「このままだと泥水になっちゃうよな……」

当然ながら、掘り返した穴に水を入れたら土と混じって濁ってしまう。

どうせ入るなら綺麗《きれい》なお湯の風呂に入りたいし、どうにかしたいな。

「なあ、ダンカン。掘り返した場所の表面をこう、ツルツルに仕上げられない？　水を弾くような」

「ええ？　んー、やるだけやってみます」

それから十数分の試行錯誤の末、浴槽には水を弾くコーティングが施された。

触った感触だとコンクリートに近い。

というかこれ、まんまコンクリートじゃね？

水魔法の応用で水分を奪い、速乾することができるみたいだし、色々と使い道はありそうだ。

よし、この土魔法はコンクリート魔法と命名しよう。

何はともあれ、結果的に保水性はバッチリだし、お湯が土に染み込んで減ってしまうようなことはなさそうだ。

なんて考えていると、コーティングを施したダンカンが自分の両手を見ながらカタカタ震えていた。

寒いのだろうか。

「……殿下。この魔法、街道とかに使ったら相当地面が滑らかになって色々便利そうですね」

「ん？　あー、そうだな。建築にも使えるだろうし、中に鉄筋でも仕込めば耐久性も上がるんじゃないか？」

「なんかこう、なんなんすかね。殿下が魔法を本気で学んだら発想次第でとんでもねぇもの作りそうですよね。怖《こわ》っ」

そうこうして浴槽は完成した。

あとはここに水魔法で大量の水をぶち込み、火魔法で熱々にしたらお風呂の完成である。

「って思ったけど、魔力残ってる？」

「「「いいえ」」」

どうやら魔力が底を突いたらしい。

「いやまあ、頑張りゃ水を出して温めるくらいはできそうですけど、それやっちまうと半日はぶっ倒れそうです」

魔力が底を突くと気分が悪くなるなどの症状が現れるが、更に限界まで魔力を消費すると失神する。

半日後にはまた最前線で治癒魔法を使いまくる生活が待ってるわけだし、あまり部下たちに魔力を使わせるのはよくないか。

「仕方ない。近くの川から汲《く》んでくるか。お前らは休んでろ」

「「「うぃー」」」

部下たちは気だるそうな返事をして、そのまま深い眠りに落ちた。

俺は部下たちに毛布を被《かぶ》せて、近場の川に向かう。

「うーむ。川を往復するにしても、浴槽を満タンにするまで何往復すればいいんだ？」

すでに日が暮れ、黄金に光る月が出てきた。

風呂を作りたいと言い出したのは俺だが、なんか思ったより大変だな。

一人じゃ終わらないぞ、これ。

なんて考えながら無心で川とお風呂を往復していると、どこからか女性の声が聞こえてきた。

川の浅瀬に誰かいる。しかも女性が二人だ。水浴びでもしているのだろうか。

「――イン姉上、アイルイン姉上‼」

「ん～？　何々～？」

「何ではありません‼　ここは王国軍の勢力地ですよ⁉」

「ありゃ、そうなの～？　いやあ、お酒飲みながら水浴びしてたら分かんなくなっちゃう

もんだね～」

誰だろう？　そう思って息を殺し、物陰から様子を窺《うかが》う。

――なんか美女二人が裸で水浴びしていた。

一人は真っ赤な長い髪と瞳の長身美女で、二メートル近い身長がある。

もう一人は藍色のセミロングの髪で、こちらもモデルのように高い背丈の美女だった。

そして、どちらもおっぱいがめちゃくちゃデカイ。

スタイルが抜群だった。

うおおおお⁉　まじか⁉　誰かは知らないけど、あんな美女が裸で水浴びとかスッゴ⁉

と、興奮していたら鼻息が荒くなっていたのだろう。

真っ赤な髪の美女がこちらにバッと振り向いた。

「何者だ⁉」

「あっ、えっと、怪しい者ではありません‼」

「っ、その鎧《よろい》、王国軍の……」

真っ赤な髪の美女が俺の方を見て、殺気を放ってきた。

ひえ⁉　決してわざとやったわけじゃないけど、裸を見ちゃったのはやっぱりまずかったか⁉

今にも襲いかかってきそうな真っ赤な髪の美女が――。

「てい」

「痛っ、な、何をするのです⁉」

藍色の髪の美女に手刀でペシッとされた。

そして、藍色の髪の美女が俺に話しかけてくる。

「いやあ、ごめんね～。お姉さんたち、この近くの村で暮らしてんだけど、水浴びに来てさ～。あ、お姉さんの名前はルインだよ～。で、こっちは妹のローズ。よろしくね～」

「あ、ああ、そうなんだ？　でもこの辺りは頻繁に王国軍と帝国軍が衝突してるから、来ない方がいいよ。巻き込まれたら大変だから」

「ん、親切にありがとね～。次からは気を付けるよ～」

ルインがニヤニヤと笑いながら言う。

結構キツイお酒の臭《にお》いがしたので、多分酔っぱらっているのだろう。

というか片手に酒瓶を持っているので、確実に飲んでるな……。

「ね～ね～、君はこんなとこで何してんの～？」

「ア、いや、ルイン姉さん。帰りましょう？」

「ちょっとくらい良いじゃ～ん。ね～ね～、君は何してんの～？」

うう、酔っぱらいに絡まれてしまった。

ルインは俺が答えるまで立ち去るつもりはないのか、大きなおっぱいを揺らしながら話しかけてくる。

……し、仕方ないよな。

断じてもう少しおっぱいを見ていたいとか、そういう理由ではない。

「風呂を作ってるんだ」

「ふろ？　何それ～？」

「えーと、風呂ってのは――」

俺が大まかに風呂について説明すると、ルインは興味を持ったらしい。

「そのお風呂っての、お姉さんたちも入っていい～？　水出したり、温めたりはお姉さんが魔法でやってあげるからさ～」

「え？」

「なっ、ア、いや、ルイン姉さん!?　何を言っているのですか!?」

「だって気持ちよさそうだし～？　温まりながらお酒飲んだら美味しそうじゃない？」

そういうわけで、ルインの協力でお風呂が完成した。

ただの村娘なのに魔法で大量の水を出したり、温めたりできるルインは一体何者なのだろうか。

いや、そんなことは些細《ささい》な問題だ。

「おお～、こりゃ極楽だねぇ～」

「ア、いや、ルイン姉さん、その、どうして三人で入る必要が……？　正直、そちらの少年の視線が気になるのですが……」

「んー、サービス？」

そう。

どういうわけか、俺はルインとローズと一緒にお風呂に入っていた。

お互いに最低限の部分はタオルを巻いて隠しているが、絶世の美女二人と同じお風呂に入るとか、ご褒美以外の何ものでもない。

なお、ダンカンたちは浴槽作りに疲れてしまったようで完全に眠っている。

しばらくは起きないだろう。

つまり、この極楽浄土を俺一人で独占しているのだ。ニヤニヤが止まらない。

「……おい、貴様。あまりじろじろ見るな」

「あ、はい」

ルインはおっぱいを見てもちっとも怒らないが、ローズの方はめちゃくちゃ俺を警戒している。

まあそりゃ、自分たちの裸を覗《のぞ》き見てた奴《やつ》なんか信用できないよなあ。

美人に嫌われるのは悲しい……。

「こーら、ローズもそんなにカッカしないの～。イライラは健康によくないゾ～。あ、そうだ。お酒飲むぅ～？」

「い、いえ、私は――むぐっ!?」

ルインがローズの口に酒瓶を押し込み、その中身を無理やり飲ませた。

う、うわあ、アルハラだ……。

「んれぇ？　視界、ぐにゃんぐにゃんしてましゅう」

ローズは顔が真《ま》っ青《さお》になり、ふらふらし始めた。お酒に弱いらしい。

「たはは～、ローズがでろんでろんだ～」

「あ、あの、そんな無理やり飲ませて大丈夫ですか？　急性アルコール中毒とか……」

「ん～？　何々～？　君も飲みたいの～？」

「え？　いや、違――」

「仕方ないなあ～!!　えい!!」

「むぐ!?」

俺は口に酒瓶を突っ込まれ、アルコールを強制的に摂取させられる。

って、何この酒!?　酒精強っ!!

なんて思ったのは最初の一瞬だった。

喉が焼けるような感覚はすぐに消え、視界がぐにゃりと歪《ゆが》み、謎の高揚感が押し寄せてくる。

「んはははははは‼　お姉さんおっぱい大きいね‼　好き‼」

俺は何を口走っているのだろうか。いや、もうどうでもいいや。

「おお～、正直な子はお姉さんも好きだゾ～」

「やったー‼　お姉さんと両想いだー‼」

俺はルインに正面から抱きついて、その豊満なおっぱいに顔を埋める。

ハリがあって、ふわふわだった。

「うへへぇ、おっぱい柔らかい‼　好き‼　お姉さん、俺と結婚してー‼」

「え～、君みたいな可愛《かわい》い子に告白されたらお姉さん困っちゃうな～」

「やだやだ‼　お姉さんのおっぱいと結婚すりゅー‼」

「んもぉ、仕方ないな～。じゃあお姉さんと今からワンナイトラブしちゃ……」

ルインが俺の告白に頷《うなず》こうとして、言葉を詰まらせた。

「あー、ごめんね～」

「ええー？」

「その告白は、あの子やママのために取っておいてあげて？」

「？」

ルインの顔を見ると、彼女の黄金に光り輝く瞳と目が合った。

その二つの眼《め》はどこか遠くの、遥《はる》か先にある『何か』を視ているようで、とても綺麗だった。

ルインが俺の頭を優しく撫《な》でる。

「よしよし、いい子いい子」

それが心地よくて、酒が入っていたこともあり、俺は深い眠りに落ちてしまい……。

◆

「───ん下!!　殿下!!　起きてくださいって!!」

「んあ？　あ、あれ？　俺、何やってたんだっけ？」

部下たちに身体を揺すられて、目を覚ます。

「つぅ、なんか頭がガンガンする……」

「大丈夫っすか、殿下。もしかしてオレらが眠っちまったあともずっと川から水を汲んでたんですか？」

「え？」

ちらっと浴槽の方を見ると、水が満タンになっていた。

しかし、何も思い出せない。

途中まではたしかに川から水を汲んでいたのだが、そこで誰かと話をして……。

誰かって、誰だっけ？

「……何も覚えてない」

「ええ？　大丈夫ですか？　そろそろ任務に戻らなきゃいけないんすよ？」

「あ、うん、『完全再生』っと。もう直った」

俺は立ち上がり、また忙しい最前線ライフに戻った。

この時に作ったお風呂は兵士たちに好評で、将軍からいくつか作るようお願いされるのだが……。

それはまた別のお話。

◆

数年後。

レイシェル誘拐事件と帝都半壊事件の後。

帝城の一室を改築して作られたお風呂の浴槽で、アイルインはローズマリーと肩まで浸かりながら酒を呷《あお》っていた。

「ぷはあっ。やっぱお風呂にはお酒だよね～」

「アイルイン姉上、飲みすぎは身体に障りますよ」

「……お酒のせいでどっちも覚えてないとか、あるんだね～。ま、お姉さんもお風呂見るまで彼のこと忘れてたんだけど。たはは～」

「はい？　何の話です、アイルイン姉上？」

「んや、レイシェル君とローズマリー、ママの恋が実ってお姉さんは嬉《うれ》しいな～って話。あとお風呂で飲むお酒は最高‼　って話だよ～」

「？」

くいっと一杯飲むアイルインに、首を傾げるローズマリー。

アイルインはあえて何も言わない。

だって戦場で怪我《けが》を治療してもらったという出会いの方が、なんかいいから。

川で水浴びしてたら裸を覗き見られた出会いよりも、遙かにいいから。

アイルインはデキるお姉さんなのだ。

[illustrated reference collection]

イラスト資料集

Suterare oji ga saizensen de
tekikoku no
heishi wo chiryo shitara
jitsuha dainanakojo datta ken

C H A R A C T E R

アガーラム王国第四衛生兵部隊

レイシェル・フォン・アガーラム

「目の前に死にかけてる人がいて放置したら寝覚めが悪くない？」

C H A R A C T E R

ドラグーン帝国第七皇女
であり竜騎士団の団長

ローズマリー

「レイシェル殿、私には貴殿が母上の
胸を揉みしだいているようにしか
見えないのだが」

ドラグーン帝国女帝

アルカリオン

「坊やを我が夫とします」

CHARACTER

ドラグーン帝国第五皇女

イェローナ

「そんな前屈みになって
どうしたのですかな、
レイシェル氏？」

CHARACTER

ドラグーン帝国第二皇女

アイルイン

「お姉さんこう見えても
スタイル良いんだゾ〜」

あとがき

どうも、ナガワです。

もしトラックに轢かれて異世界に転生したら、女神様から授かったチート能力をフル活用してそこそこの暮らしをしながらハーレムを作り、危ないことはとことん避けて人生を楽しみ大往生したいナガワヒイロです。

可能なら現存する性癖の全てを網羅したいと思っている作者ですが、なんと実は今回が初の書籍化。

カクヨム運営から『重要なお知らせ』と称したメールが来た時は焦りました。

まさかアカウント削除⁉　みたいな感じで。

でも、いざ心臓バックバクでメールを見てみたら書籍化の打診。

リアルで五分くらい奇っ怪なダンスを踊ってしまうほど嬉しかったです。

しかし、何分初めての書籍化。

右も左も分からず、取り敢えず真っ先にレイシェルがローズマリーをマッサージする、というシーンを加筆したことは反省しています。

でも後悔はない（キリッ。

あ、ちなみに作者はアルカリオンが最推しです。

おっぱいがデカイので。

一巻の中で書いていて一番楽しかったキャラクターでもあります。

実を言うと書籍化に当たって一番苦労したのがあとがきでした。

担「五ページ、くらい書いてもらえると……」

作「え、あとがきってそんな長いもんでしたっけ？」

担「あ、三ページくらいでもいいですよ」

みたいな会話が担当編集さんとの間でありました。

でもこの三ページすら、結構考えなきゃ出てこないもので……。

作者はとても頑張りました、はい。

さて、そろそろ本題に。この本を書籍化するに当たって関わってくださった皆さんにお礼を言わせてください。

まず氷室しゅんすけ先生へ。

何枚もの素晴らしいエッチな絵を描いていただき、本当にありがとうございます。

ローズマリーとアルカリオンが最高でした。

また、担当編集さんやデザイナーさん、校正さん、並びに編集部の皆さんへ。

お陰で最高の一冊を出版することができました。もうまじで感謝しかありません。

そして、この本をご購入&読んでくださった読者の皆さんへ。

この度は『捨てられ王子が最前線で敵国の兵士を治療したら実は第七皇女だった件』をお手に取っていただき、誠にありがとうございます。

もし第二巻が発売されることがありましたら、是非またお手に取ってください。

よろしければ友人知人に勧めてください。

え？　こんなエッチなライトノベルを他人に勧められるか、ですって？

大丈夫です、問題ありません。

作者は学生時代にクラスメイトにエッチなライトノベルを勧めて友だちができました。

きっと友だちが増えます。エロは友情を育むのです。

根拠はありません。

ではそろそろ、最後に別れの挨拶を一言。

エロは地球を救います。以上。

また次があったらお会いしましょう‼　それでは‼

捨《す》てられ王子《おうじ》が最前線《さいぜんせん》で敵国《てきこく》の兵士《へいし》を治療《ちりよう》したら実《じつ》は第七皇女《だいななこうじよ》だった件《けん》

2024年11月30日　初版発行

著　　者　ナガワヒイロ
イラスト　氷室《ひむろ》しゅんすけ
発 行 者　山下直久
発　　行　株式会社KADOKAWA
〒102-8177 東京都千代田区富士見2-13-3
電話 0570-002-301（ナビダイヤル）

編集企画　ファミ通文庫編集部
デザイン　AFTERGLOW
写植・製版　株式会社オノ・エーワン
印　　刷　TOPPANクロレ株式会社
製　　本　TOPPANクロレ株式会社

●お問い合わせ
https://www.kadokawa.co.jp/（「お問い合わせ」へお進みください）
※内容によっては、お答えできない場合があります。
※サポートは日本国内のみとさせていただきます。
※Japanese text only

 ISBN978-4-04-738164-3 C0093　　定価はカバーに表示してあります。

ファンタジーの世界でも
戦争は泥臭く
醜いものでした

STORY

トウリ・ノエル二等衛生兵。
彼女は回復魔法への適性を見出され、
生まれ育った孤児院への
資金援助のため軍に志願した。
しかし魔法の訓練も受けないまま、
トウリは最も過酷な戦闘が繰り広げられている
「西部戦線」の突撃部隊へと配属されてしまう。
彼女に与えられた任務は
戦線のエースであるガーバックの
専属衛生兵となり、
絶対に彼を死なせないようにすること。
けれど最強の兵士と名高いガーバックは
部下を見殺しにしてでも戦果を上げる
最低の指揮官でもあった！
理不尽な命令と暴力の前にトウリは日々疲弊していく。
それでも彼女はただ生き残るために
奮闘するのだが——。

B6判単行本
KADOKAWA/エンタープレイン 刊

TS衛生兵さんの
戦場日記
［TS衛生兵さんの戦場日記］
まさきたま
[Illustrator] クレタ

ソードマン
[バスタード・ソードマン]

月汰元
[イラスト]
himesuz

エステルドバロニア
著：百黒 雅 イラスト：sime
B6判単行本 KADOKAWA/エンターブレイン 刊
最強の
魔物国家を
統べるは人間の王！
非力な王の苦悩の物語が今始まる!!
STORY
VR戦略シミュレーション『アポカリスフェ』の頂点に君臨する男はある日、プレイ中に突如として激しい頭痛に襲われ、意識を失ってしまう。ふと男が目を覚ますと、そこはゲーム内で作り上げてきた魔物国家エステルドバロニアの王城であり、自らの姿は人間でありながら魔物の王である"カロン"そのものだった。このゲームに酷似した異世界で生きていくことを余儀なくされたカロン。彼は強力な魔物たちを従える立場にありながら、自身は非力なただの人間であるという事実に恐怖するが、気持ちを奮い立たせる間もなく国の緊急事態に対処することになり……!?
特別短編
『王の知らなかった彼女たち』収録！
KADOKAWA
eb! enterbrain